金瓶梅詞話

萬曆本

十三

金瓶梅

第六十二回　潘道士法遣黃巾士

西門慶痛哭李瓶兒

第六十二回

潘道士解禳祭燈法　西門慶大哭李瓶兒

行藏虛實自家知　禍福因由更問誰
善惡到頭終有報　只爭來早與來遲
閒中點檢平生事　靜裡思量日所爲
常把一心行正道　自然天理不相虧

話說西門慶見李瓶兒。服藥百般醫治無効。求神問卜發課皆有凶無吉。無法可處。初時李瓶兒。還閘着梳頭洗臉。還自巴下炕來。坐淨桶。次後漸漸飲食減少。形容消瘦。下邊流之不止。那消幾時。把個花朵朵人兒。瘦弱的不好看。也不着的炕了。只在裀褥上。鋪墊草紙。恐怕人進來嫌穢惡。教丫頭燒着下些香

在房中西門慶見他肐膊兒瘦的銀條兒相似守着在房内哭
泣衙門中隔日去走一走李瓶兒便道我的哥你還往衙門中
人之將死其言也善[illegible]信不疑哉
去只怕悮了你公事我不妨事只吃下邊流的虧若得止住不
流了再把口裏放開吃下些飲食兒就好了你男子漢常絆住
你在房中守着甚麽西門慶哭道我的姐姐我見你不好心中
捨不的你李瓶兒道好傻子只不死將來你攔的住那些又道
我要對你說也没與你說我不知怎的但没人在房裡心中只
害怕恰似影影綽綽有人在我跟前一般夜裡要便夢見他恰
似好時的拏刀弄杖和我厮嚷孩子也在他懷裡我去奪反被
他推我一交說他那里又買了房子來纏了好幾遍只𠮷我去
只不好對你說西門慶聽了說道人死如燈滅這幾年知道他

往那里去了。此是你病的久了。下邊流的你這神虗氣弱了。那里有甚麼邪魔魍魎家親外祟。我明日往吳道官廟裡。討兩道符來。貼在這房門上。看有邪祟沒有。說話中間。走到前邊。即差玳安騎頭口。往玉皇廟討符去。走到路上。迎見應伯爵和謝希大下頭口。因問你爹在家裡。玳安道。爹在家裡。又問你往那里去。玳安道。小的往玉皇廟討符去。伯爵與謝希大到西門慶家。因說道謝子純聽見嫂子不好。諕了一跳。敬來問安。西門慶道。這兩日較好些。告訴身上瘦的通不相模樣了。丟的我上不上。下不下。却怎生樣的孩子死了。隨他罷了。成夜只是哭。生生憂慮出病兒來了。勸着又不依你。教我有甚法兒處。伯爵道哥。你又使玳安往廟裡。做甚麼去。西門慶悉把李瓶兒房中無人害怕之事。告訴一遍。只恐有邪祟。教小廝問吳道官那里討兩道符來。貼在房中。鎮壓鎮壓。謝希大道。哥此是嫂子神氣虛弱。那里有甚麽邪祟魍魎來。伯爵道。哥若遣邪也不難。門外五岳觀潘道士。他受的是天心五雷法。極遣的好邪。有名喚潘捉鬼。常將符水救人。哥你差人請請他來。看看嫂子。房裡有甚邪祟。他就知道。你就教他治病。他也治得。西門慶道。等討了吳道官符來看。在那里住。沒柰何。你就領小廝。騎了頭口。請了他來。伯爵道。不打緊。等我去。天可憐見。嫂子好了。我就頭着地也走。說了一回話。伯爵和希大吃了茶起身。自勾當去了。玳安兒討了符來。貼在房中。晚間李瓶兒還害怕。對西門慶說。死了的。他剛纔和兩個人來拏我。見你進來。躲出去了。西門慶道。你休信邪。

不妨事昨日應二哥說此是你虛極了他說門外五岳觀有個潘道士好符水治病又遣的好邪我明日早教應二哥去請他來看你有甚邪祟教他遣遣李瓶兒道我的哥哥你請他早早來那廝他剛纔發恨而去明日還來拏我哩你快些使人請去西門慶道你若害怕我使小廝拏轎子接了吳銀兒和你做兩日伴兒李瓶兒搖頭兒說你不要叫他只怕悮了他家里勾當西門慶道叫老馮來伏侍你兩日兒如何李瓶兒點頭兒這西門慶一面使來安往那邊房子裡叫馮媽媽又不在鎖了門出去了對與一丈青說下等他來好歹教他快來宅內六娘叫他哩西門慶一面又差下玳安明日早起你和應伯爵往門外五岳觀請潘道士去了俱不在話下次日只見觀音庵王姑子跨

着一盒兒粳米。二十塊大乳餅。一小盒兒十香瓜茄來看。李瓶
兒見他來。連忙教迎春攙扶起來坐的。王姑子道了問訊。李瓶
兒道請他坐下。王師父。你自印經時去了。影邊兒通不見你。我
恁不好。你就不來看我看兒。王姑子道。我的奶奶。我通不知你
不好。昨日他大娘使了大官兒。到庵里。我纔曉得的。又說印經
來。你不知道。我和薛姑子老淫婦。合了一場好氣。與你老人家。
印了一場經。只替他赶了網兒。背地裡和印經家。打了一兩銀
子夾帳。我通沒見一個錢兒。你老人家作福。這老淫婦。到明日
墮阿鼻地獄。爲他氣的我不好了。把大娘的壽日都悞了。沒曾
來。李瓶兒道。他各人作業。隨他罷。你休與他爭執了。王姑子道
誰和他爭執甚麼。李瓶兒道。大娘好不惱你哩。說你把他受生

的經都悞了。王姑子道。我的菩薩。我雖不好。敢悞了他的經。在家整誦了一個月受生。昨日纔圓滿了。今日纔來。先到後邊見了他。把我這些屈氣。告訴了他一遍。我說不知他六娘不好。没甚麽。這盒粳米。和些十香瓜。幾塊乳餅。與你老人家吃粥兒。大娘纔教小玉姐。領我來看你老人家。小玉打開盒兒。與李瓶兒看了。說道多謝你費心。王姑子道。迎春姐。你把這乳餅。就蒸兩塊兒來。我親看你娘吃些粥兒。那迎春一面收下去了。李瓶兒分付迎春。擺茶來與王師父吃。王姑子道。我剛纔後邊大娘屋裡吃了茶。煎些粥米。我看着你吃些粥兒。不一時。迎春安放卓兒。擺了四樣茶食。打發王姑子吃了。然後拿上李瓶兒粥來。一碟十香甜醬瓜茄。一碟蒸的黃霜霜乳餅。兩盞粳米粥。一雙小牙快迎春拏着奶子如意兒。在旁拏着甌兒喂了半日。只呷了兩三口粥兒。咬了一些些乳餅兒。就搖頭兒不吃了。教拏過去罷。王姑子道。人以水食爲命。恁煎的好粥兒。你再吃些些兒不是。李瓶兒道。也得我吃的下去是怎的。迎春便把吃茶的卓兒掇過去。王姑子揭開被。看李瓶兒身上肌體。都瘦的沒了。諕了一跳說道我的奶奶。我去時。你好好些些了。如何又不好了。就瘦得恁樣的了。如意兒道。可知好了哩。娘原是氣惱上起的病。爹請了太醫來看。每日服藥。已是好到七八分了。只因八月內哥兒着了驚諕不好。娘晝夜憂慼。那樣劳碌。連睡也不得睡。實指望哥兒好了。不想沒了。成日着了那哭。又着了那暗氣暗惱。在心裡。就是鐵石人。也禁不的。怎的不把病又犯了。是人家有些些氣惱兒。

對人前分解分解。也還好。娘又不出語。着緊問還不說哩。王姑子道。那討氣來。你爹又疼他。你大娘又敬他。左右是五六位娘。端的誰氣着他。妳子道。王爺你不知道。誰氣着他。因使綉春外邊瞧瞧看。関着門不曾。路上說話。草裡有人。不備俺娘都因為着了那邊五娘一口氣。他那邊猫撾了哥兒手。生生的諕出風來。爹來家。那等問着娘。只是不說。落後大娘說了。纔把那猫來摔殺了。他還不承認。拏俺每煞氣。八月裡哥兒死了。他每日那邊指桑樹。罵槐樹。百般称快。俺娘這屋裡。分明聽見。有個不惱的。左右背地裡氣。只是無眼淚。因此這樣暗氣暗惱。纔致了這一塲病。天知道罷了。娘可是好性兒。好也在心裡。歹也在心裡。姊妹之間。自來沒有個面紅面赤。有件稱心的衣裳不等的別人有了。他還不穿出來。這一家子。那個不叨貼他娘些兒。可是說的。饒叨貼了娘的。還背他不道是。王姑子道。怎的不道是。如意兒道。相五娘那邊潘姥姥來一遭。遇着爹在那邊歇就過來這屋裡。和娘做伴兒。臨去娘與他鞋面衣服銀子。甚麼不與他。五娘還不道是。李瓶兒聽見。便嗔如意兒。你這老婆。平白只顧說他怎的。我已是死去的人了。隨他罷了。天不言而自高。地不言而自卑。王姑子道。我的佛爺。誰知道你老人家。這等好心。天也有眼。望下看着哩。你老人家。往後來還有好處。李瓶兒道。王師父。還有甚麼好處。一個孩兒也存不住去了。我如今又不得命。身底下弄這等疾。就是做鬼。走一步也不得個伶俐。我心裡還要與王師父些銀子兒。望你到明日。我死了。你替我在家。請

幾位師父多誦些血盆經懺我這罪業還不知墮多少罪業哩
王姑子道我的菩薩你老人家忒多慮了天可憐見到明日假
若好了是的你好心人龍天自有加護正說着只見琴童兒進
來對迎春說爹分付把房內收拾收拾花大舅便進來看娘在
前邊坐着哩王姑子便起身說道我且往後邊走走去李瓶兒
道王師父你休要去了與我做兩日伴兒我還和你說話哩王
姑子道我的奶奶我不去不一時西門慶陪花大舅進來看問
見李瓶兒睡在炕上不言語花子油道我不知道昨日聽見這
邊大官兒去說纔曉的明日你嫂子來看你那李瓶兒只說了
一聲多有起動就把面朝裡去了花子油坐了一回起身到前
邊向西門慶說道俺過世公公老爺在廣南鎮守帶的那三七

藥曾吃來不曾。不拘婦女甚崩漏之疾。用酒調五分末兒。吃下去即止。大姐他手裡有收下此藥。何不服之。西門慶道。這藥也吃過了。昨日本府胡大尹來拜。我因說起此疾。他也得了個方兒。棕灰與白鷄冠花。煎酒服之。只止了一日。到第二日。流的比常更多了。花子油道。這個就難爲了。姐夫你早替他看下副板兒。預備他罷。明日教嫂子來看他。說畢起身。西門慶再三款留不住。作辭去了。妳子與迎春。正與李瓶兒墊草帋在身底下。只見馮媽媽來到。向前道了萬福。如意兒道。馮媽媽貴人。怎的不來看看娘。昨日爹使來安兒。叫你去來。說你鎖着門。往那裡去來。馮婆子道。說不得我這苦。成日往廟裡修法。早辰出去了。是也直到黑。不是也直到黑。來家倘有那些張和尚。李和尚。王和

尚如意兒道。你老人家。怎的這些和尚早時沒王師父在這裡
那李瓶兒聽了。微笑了一笑兒說道這媽媽子。單管只撒風。如
意兒道。馮媽媽叶着你還不來。娘這幾日粥兒也不吃。只是心
內不耐煩你剛纔來到。就引的娘笑了一笑兒。你老人家伏侍
娘兩日。管情娘這病就好了。馮媽媽道。我是你娘退災的博士。
又笑了一回。因向被窩裡。摸了摸他身上。說道我的娘。你好些
兒也罷了。又問坐榪子。還下的來。迎春道。下的來倒好。前兩遭
娘還鬥鬮俺每攙扶着下來。這兩日通只在炕上。鋪墊草紙。一
日回兩三遍。如意兒道。本等沒吃甚麼大食力。怎禁的這等流
正說着。只見西門慶進來。看見馮媽媽。說道老馮。你也常來這
邊瞧瞧怎的。去了。就不來。婆子道。我的爺。我怎不來。這兩日醃

菜的時候。挣兩個錢兒。醃些菜在屋裡。遇着人家。領來的業障。好與他吃。不然。我那討閒錢。買菜兒與他吃。西門慶道。你不對我說。昨日俺莊子上起菜。撥兩三畦與你也勾了。婆子道。又敢纏你老人家。說畢。老馮過那邊屋裡去了。西門慶便坐在炕沿上。迎春在旁薰熱芸香。西門慶便問。你今日心裡覺怎樣。又問迎春。你娘早辰。吃了些粥兒不曾。迎春道。吃的倒好。王師父送了乳餅蒸來。娘只咬了一些兒。呷了不上兩口粥湯。就丟下了。西門慶道。剛纔應二哥小廝。門外請那潘道士。又不在了。明日我教來保騎頭口再請去。李瓶兒道。你上緊着人請去。那廝但合上眼。只在我根前纏。西門慶道。此是你神弱了。只把心放正着。休要疑影他。管情請了他。替你把這邪祟遣遣。再服他些藥兒。管情你就好了、李瓶兒道。我的哥哥奴巳是得了、這個拙病那裡好甚麼。若好只除非再與兩世人是的、奴今日無人處和你說些話兒奴指望在你身邊。團圓幾年死了。也是做夫妻一塲。誰知到今二十七歲。先把冤家死了。奴又沒造化、這般不得命拋閃了你去了、若得再和你相逢。只除非在鬼門關上罷了。說着。一把拉着西門慶手。兩眼落淚。哽咽再哭不出聲來。那西門慶亦悲慟不勝。哭道我的姐姐。你有甚話。只顧說兩個正在屋裡哭、忽見琴童兒進來。說荅應的稟爹。明日十五衙門裡拜牌畫公座、大發放。爹去不去。班頭好伺候。西門慶道我明日不得去、拏我帖兒。回你夏老爹。自家拜了牌罷。琴童應諾去了、李瓶兒道我的哥哥。你依我還往衙門去。休要悞了你公事要緊我知道幾時死。還早哩。西門慶道。我在家守你兩日兒。其心安忍。你把心來放開。不要只管多慮了。剛纔他花大舅和我說。教我早與你看下副壽木。冲你冲。管情你就好了。李瓶兒點頭兒便道。也罷。你休要信着人。使那憨錢。將就使十來兩銀子。買副熟料材兒。把我埋在先頭大娘墳旁。只休把我燒化了。就是夫妻之情。早晚我就搶些漿水。也方便些。你惹多人口。往後還要過日子哩。這西門慶不聽便罷。聽了。如刀剜肝膽。劍挫身心相似、哭道。我的姐姐、你說的是那裡話。我西門慶就窮死了。也不肯虧負了你。正說着、只見月娘親自拏着一小盒兒鮮蘋菠進來。說道。李大姐、他大娘子那裡。送蘋菠兒來與你吃。因令迎春你洗淨了。拏刀兒、切塊來你娘吃。李瓶兒道。又多謝他大娘子掛心不一時迎春旋去皮兒切了。用甌兒盛貯西門慶與月娘在旁看着。拈喂了一塊與他放在口內只嚼了些味兒還吐出來了。月娘恐怕勞碌他。安頓他面朝裡。就睡了。西門慶與月娘都出來外邊商議。月娘便道。李大姐。我看他有些沉重。你不早早與他看一副材板兒來。預備着他。直到那臨時到節熱亂。又亂不出甚麼好板來。馬捉老鼠一般。不是那幹營生的道理。西門慶道。今日花大哥。也是這般說。適纔我畧與他題了題兒。他分付休要使多了錢。將就擡副熟板兒罷。你惹多人口。往後還要過日子。倒把我傷心了。這一會。我說亦發請潘道士來看了他看板去罷。月娘道你看没分曉。一個人的形也脫了。關口都鎖住。勺水也不進。還妄想指望好。咱一壁打鼓。一壁磨旗。幸的他若好了。把棺材就捨與人。也不值甚麽。西門慶道。既是恁說。同月娘到後邊使小厮叫將賁四來。在廳上問他誰家有好材板。你和姐夫兩個。拏銀子看一副來。賁四道。大街上陳千戶家。新到了幾副好板。西門慶道。既有好板。即令陳經濟。你後邊問你娘。要四錠大銀子來。你兩個看去。那陳經濟少頃取了五錠元寶出來。同賁地傳去了。直到後晌。纔來回話。西門慶問怎的這咱纔來。他二人回說。到陳千戶家看了幾副板。都中等。又價錢不合。回來到路上。撞見喬親家爹。說尚舉人家。有一副好板。原是尚舉人父親。在四川成都府做推官時帶來。預備他老夫人的。兩副桃花洞。他使了一副。只剩下這一副。墻磕底蓋堵頭俱全共大小五塊。定要三百七十兩銀子。喬親家爹。同俺每過去看了。板是無比的好板。喬親家與做舉人的講了半日。只退了五十兩銀子。不是明年上京會試用這幾兩銀子。便也還捨不得賣這副板。還看咱這裡要。別人家。定要三百五十兩。西門慶道。既是你喬親家爹主張。兌三百二十兩。擡了來罷。休要只顧搖鈴打鼓的了。陳經濟道。他那裡收了咱二百五十兩。還找與他七十兩銀子。就是了。一面問月娘又要出七十兩雪花銀子。二人去了。比及黃昏時分。只見許多閑漢用大紅氊條裹着。擡板進門。放在前廳天井內。打開西門慶觀看。果然好板。隨即叫匠人來。鋸開。裡面噴香。每塊五寸厚。二尺五寸寬。七尺五寸長。與伯爵觀看。滿心歡喜。向伯爵道。這板也看得過了。伯爵口不住。只顧喝采不已。說道。原說是姻緣板。大抵一物人還有一王嫂子嫁哥一場今日賠受這副材板勾了分付匠人你用心只要做的好你老爹賞你五兩銀子匠人道小人知道一面在前廳七手八腳連夜攢造棺槨不題伯爵囑來保明日早五更去請潘道士他若來就同他一答見來不可遲滯說畢陪西門慶晚夕在前廳看着做材到一更時分纔家去了西門慶道明日早些來只怕潘道士來的早伯爵道我知道作辭出門去了卻說老馮與王姑子晚夕都在李瓶兒屋裡相伴只見西門慶前邊散了進來看視要在屋裡睡李瓶兒不肯說道沒的這屋裡齷齷齪齪的他每都在這裡不方便你往別處睡去罷西門慶又見王姑子都在這裡遂過那邊金蓮房中去了李瓶兒教迎春把角門關了上了拴教迎春點着燈打開箱子取出幾

件衣服銀飾來放在旁邊先叫過王姑子來與他了五兩一錠
銀子一疋紬子等我死後你好歹請幾位師父與我誦血盆經
懺王姑子道我的奶奶你忒多慮了天可憐見你只怕好了李
瓶兒道你只收着不要對大娘說我與你銀子只說我與了你
這疋紬子做經錢王姑子道我理會了于是把銀子和紬子接
過來了又喚過馮媽媽來向枕頭邊也拏過四兩銀子一件白
綾襖黃綾裙一根銀掠兒遞與他說道老馮你是個舊人我從
小兒你跟我到如今我如今死了去也甚麽這一套衣服并這
件首飾兒與你做一念兒這銀子你收着到明日做個棺材本
兒你放心那房子等我對你爹說你只顧住着只當替他看房
兒他莫不就攆你不成馮媽媽一手接了銀子和衣服倒身下

拜。哭的說道。老身沒造化了。有你老人家。在一日。與老身做一日主兒。你老人家。若有些好歹。那裡歸着。李瓶兒。又叫過奶子如意兒。與了他一襲紫紬子襖兒。藍紬裙一件。舊綾披襖兒兩根金頭簪子。一件銀滿冠兒。說道也是你奶哥兒一塲。哥兒死了。我原說的。教你休撅上奶去。實指望我在一日。占用你一日。不想我又死去了。我還對你爹。和你大娘說到明日。我死了。你大娘生了哥兒。也不打發你出去了。就教接你的奶兒罷。這些衣物與你做一念兒。你休要抱怨。那奶子跪在地下。磕着頭哭道小媳婦。實指望伏侍娘到頭。娘自來沒曾大氣兒呵着小媳婦。還是小媳婦沒造化。哥兒死了。娘又這般病的不得命。好歹對大娘說。小媳婦。男子漢又沒了。死活只在爹娘這裡答應了。

出去接奔那里。說畢。接了衣服首飾。磕了頭起來。立在旁邊。只顧揩眼淚。李瓶兒。一面叫過迎春繡春來跪下。囑付道。你兩個也是你從小兒在我手裡答應一場。我今死去。也顧不得你每了。你每衣服。都是有的。不消與你了。我每人與你這兩對金裹頭簪兒。兩枝金花兒做一念兒。那大丫頭迎春。已是他爹收用過的。出不去了。我教與你大娘房裡拘管着。這小丫頭繡春。我教你大娘尋家兒人家。你出身去罷。省的觀眉說眼。在這屋裏教人罵沒主子的奴才。我死了。就見出樣兒來了。你伏侍別人。還相在我手裡那等撒嬌撒痴。好也罷。歹也罷了。誰人容的你。那繡春跪在地下。哭道。我娘。我就死也不出這個門。李瓶兒道。你看傻丫頭。我死了。你在這屋裡伏侍誰。繡春道。我守着娘的靈。李瓶兒道。就是我的靈。供養不久。也有個燒的日子。你少不的也還出去。繡春道我和迎春都荅應大娘。李瓶兒道。這個也罷了。這繡春還不知甚麽。那迎春聽見李瓶兒囑付他。接了首飾。一面哭的言語說不出來。正是流淚眼觀流淚眼。斷腸人送斷腸人。當夜李瓶兒都把各人囑付了。到天明。西門慶走進房來。李瓶兒問買了我的棺材來了。沒有。西門慶道。從昨日就擡了板來。在前邊做材哩。且冲你冲。你若好了。情愿捨與人罷。李瓶兒。因問是多少銀子買的。休要使那枉錢。往後不過日子哩。西門慶道。沒多只給了一百十兩來銀子。李瓶兒道。也還多了。預備下與我放着。那西門慶說了回。出來前邊。看着做材去了。只見吳月娘。和李嬌兒先進房來。看見他十分沉重。便問道。李大姐你心裡却怎樣的。李瓶兒揩着月娘手。哭道大娘我好不成了。月娘亦哭道。李大姐。你有甚麽話兒。二娘也在這裡你和俺兩個說。李瓶兒道。奴有甚話說。奴與娘做姊妹。這幾年。又沒曾虧了我。實承望和娘相守到白頭。不想我的命苦。先把個冤家沒了。如今不幸我又得了這個拙病。死去了。我死之後房裡這兩個丫頭無人收拘。那大丫頭。已是他爹收用過的。教他往娘房裡。伏侍娘。小丫頭。娘若要使喚。留下。不然。尋個单夫獨妻。與小人家。做媳婦兒去罷。省的教人。罵沒主子的奴才。也是他伏侍奴一塲。奴就死。口眼也閉。又奶子如意兒再三不肯出去。大娘也看着奴分上。也是他奶孩兒一塲。明日娘十月已滿生下哥兒就教接他奶兒罷。月娘道。李大姐。你放寬心。都在俺兩個身上說凶得吉。你若有些山高水低。迎春教他伏侍我。綉春教他伏侍二娘罷。如今二娘房裡。丫頭不老實做活。早晚要打發出去。教綉春伏侍他罷。奶子如意兒。旣是你說他沒頭奔。咱家那裡占用不下他來。就是我有孩子。沒孩子。到明日。配上個小厮。與他做房家人媳婦也罷了。李嬌兒在旁。便道李大姐。你休只要顧慮。一切事都在俺兩個身上。綉春到明日。過了你的事。我收拾房內伏侍我。等我擡舉他。就是了。李瓶兒一面教奶子和兩個丫頭過來。與二人磕頭。那月娘由不得眼淚出。不一時。孟玉樓潘金蓮孫雪娥都進來看他。李瓶兒都留了幾句姊妹仁義之言。不必細記。落後待的李嬌兒玉樓金蓮衆人都出去了。獨月娘在屋裡守着他。李瓶兒悄悄向月娘哭泣。說道娘到

明日好生看養着。與他爹做個根蒂兒。休要似奴　心粗。吃人暗
算了。月娘道姐姐。我知道看官聽說。自這一句話。就感觸月娘
的心來。後次西門慶死了。金蓮就在家中住不牢者。就是想着
李瓶兒臨終這句話。正是惟有感恩并積恨。千年萬載不成塵。
正說話中間只見琴童。分付房中。收拾焚下香。五岳觀請了潘
法官來了。月娘一面看着教丫頭收拾房中乾淨。伺候淨茶淨
水。焚下百合真合。月娘與衆婦女都藏在那邊床屋裡聽覷。不
一時。只見西門慶領了那潘道士進來。怎生形相。但見
頭戴雲霞五岳觀。身穿皂布短褐袍。腰繫雜色綵絲縧。背上
横紋古銅劍。兩隻脚穿雙耳麻鞋。手執五明降鬼扇。八字眉。
兩個杏子眼。四方口。一道落腮鬍。威儀凜凜。相貌堂堂。若非

霞外雲遊客。定是蓬萊玉府人
只見進入角門。剛轉過影壁。恰走到李瓶兒房。穿廊臺基下。那
道士往後退訖兩步。似有呵叱之狀。爾語數四。方纔左右揭簾。
進入房中。向病榻而至。運雙睛努力。以慧通神目一視。仗劍手
內掐指步罡念念有辭。早知其意。走出明間。朝外設下香案。西
門慶焚了香。這潘道士。焚符喝道。直日神將。不來等甚。噀了一
口法水去。見一陣狂風所過。一黃巾力士現于面前。但見
黃羅抹額紫綉羅袍。獅蠻帶緊束狼腰。豹皮裩牢拴虎體。常
遊雲路。每歷罡風。洞天福地片時過。岳瀆酆都撚指到。業龍
作孽。向海底以擒來。妖魅爲殃。劈山穴而提出。玉皇殿上稱
爲符使之名。北極車前。立有天丁之號。常在壇前護法。每來

世上降魔。腰懸雷部赤銅牌。手執宣花金蘸斧。那位神將。拱立堦前。大言召吾神。那廂使令。潘道士便道。西門氏門中。李氏陰人不安。投告于我案下。汝即與我拘當坊土地。本家六神。查考有何邪祟。即與我擒來。毋得遲滯。言訖。其神不見。須臾潘道士瞑目變神。端坐于位上。據案擊令牌。恰似問事之狀。久久乃止。出來。西門慶讓至前邊捲棚內。問其所以。潘道士便說。此位娘子。惜乎爲宿世寃愆。所訴于陰曹。非邪祟也。不可擒之。西門慶道。法官可解禳得麼。潘道士道。寃家債主。須得本人。可捨則捨之。雖陰官亦不能强。因見西門慶禮貌虔切。便問娘子年命若干。西門慶道。屬羊的。二十七歲。潘道士道也罷。等我與他祭祭本命星壇。看他命燈何如。西門慶問幾時祭。用何香燭祭物。潘道士道。就是今晚五更正子時。用白灰界畫。建立燈壇。以黃絹圍之。鎮以生辰壇斗。祭以五穀棗湯。不用酒脯。只用本命燈二十七盞。上浮以華蓋之儀。餘無他物。壇內俯伏行禮。貧道祭之。雞犬皆關去。不可入來打攪。可齋戒青衣在內。這西門慶都一一備辦停當。就不敢進。入在書房中。沐浴齋戒。换了淨衣。那日留應伯爵。也不家去了。陪潘道士吃齋饌。到三更天氣。建立燈壇完備。潘道士高坐在上。下面就是燈壇。按青龍白虎朱雀玄武。上建三台華蓋。周列十二宫辰。下首纔是本命燈。共合二十七盞。先宣念了投詞。西門慶穿青衣。俯伏皆下左右盡皆屏去。再無一人在左右。燈燭熒煌。一齊點將起來。那潘道士。在法座上。披下髮來。仗劍口中念念有詞。望天罡取真炁。布步訣躡瑤壇。正是三信焚香三界合。一聲令下一聲雷。但見晴天星明朗燦。忽然一陣地黑天昏。捲棚四下皆垂着簾幙須臾起一陣怪風。所過正是

非干虎嘯。豈是龍吟。彷彿入戶穿簾。定是摧花落葉。推雲出岫。送雨歸川。鴈迷失伴作哀鳴。鷗鷺驚群尋樹杪。嫦娥急把蟾官閉。列子空中叫故人。

大風所過三次。一陣冷氣來。把李瓶兒二十七盞本命燈。盡皆刮盡。惟有一盞復明。那潘道士。明明在法座上。見一個白衣人。領着兩個青衣人。從外進來。手裡持着一紙文書。呈在法案下。潘道士觀看。卻是地府勾批。上面有三顆印信。諕的慌忙下法座來。向前喚起西門慶來。如此這般。說道官人請起來罷。娘子

已是獲罪于天。無所禱也。本命燈已滅。豈可復救乎。只在旦夕之間而已了。那西門慶聽了。低首無語。滿眼落淚。哭泣哀告萬望法師搭救則個。潘道士道。定數難逃。難以搭救了。就要告辭。西門慶再三款留。等天明早行罷。潘道士道。出家人草行露宿。山栖廟止。自然之道。西門慶不復强之。因令左右捧出布一疋。白金三兩。作經襯錢。潘道士道。貧道奉行皇天至道。對天盟誓。不敢貪受世財。取罪不便。推讓再四。只令小童收了布疋。作道袍穿。就作辭而行。囑付西門慶。今晚官人却忌不可往病人房裡去。恐禍及汝身。慎之慎之。言畢。送出大門。拂袖而去。西門慶歸到捲棚內。看着收拾燈壇。見沒救星。心中甚慟。向伯爵坐的。不覺眼淚出。伯爵道。此乃各人稟的壽數。到此地位。强求不得。

哥也少要煩惱。因打四更時分。說道哥你也辛苦了。安歇安歇罷。我且家去。明日再來。西門慶道。教小厮拿燈籠送你去。即令來安取了燈。送伯爵出去。關上門進來。那西門慶獨自一個坐在書房內。掌着一枝蠟燭。心中哀慟。口裡只長吁氣。尋思道法官戒我休往房裡去。我怎坐忍得。寧可我死了也罷。須得厮守着。和他說句話兒。于是進入房中。見李瓶兒面朝裡睡。聽見西門慶進來。翻過身來。便道我的哥哥。你怎的就不進來了。因問那道士。點的燈怎麽說。西門慶道你放心。燈上不妨事。李瓶兒道。我的哥哥。你還哄我哩。剛纔那厮領着兩個人。又來在我根前。鬧了一回。說道你請法師來遣我。我已告准在陰司。決不容你發恨而去。明日便來拏我也。西門慶聽了。兩淚交流。放聲大哭道我的姐姐你把心來放正着休要理他我實指望和你相伴幾年誰知你又拋閃了我去了寧教我西門慶口眼閉了倒也沒這等割肚牽腸那李瓶兒雙手摟抱着西門慶脖子嗚嗚咽咽悲哭半日哭不出聲說道我的哥哥奴承望和你並頭相守誰知奴家今日死去也趁奴不閉眼我和你說幾句話兒你家事大孤身無靠又沒幫手凡事斟酌休要那一冲性兒大娘等你也少要虧了他的他身上不方便早晚替你生下個根絆兒廢不散了你家事你又居着個官今後也少要往那裡去吃酒早些兒來家你家事要緊比不的有奴在還早晚勸你奴若死了誰肯只顧的苦口說你西門慶聽了如刀剜心肝相似哭道我的姐姐你所言我知道你休掛慮我了我西門慶那世裡

絕緣短倖今世裡與你夫妻不到頭疼殺我也天殺我也李瓶兒又說迎春繡春之事奴已和他大娘說來到明日我死把迎春伏侍他大娘那小丫頭他二娘已承攬他房內無人便教伏侍二娘罷西門慶道我的姐姐你沒的說你死了誰人敢分散你丫頭奶子也不打發他出去都教他守你的靈李瓶兒道甚麼靈回個神主子過五七兒燒了罷了西門慶道我的姐姐你不要管他有我西門慶在一日供養你一日兩個說話之間李瓶兒催促道你睡去罷這咱晚了西門慶道我不睡了在這屋裡守你守兒李瓶兒道我死還早哩這屋裡穢惡薰的你慌他每伏侍我不方便西門慶不得已分付丫頭仔細看守你娘往後邊上房裡對月娘說悉把祭燈不濟之事告訴一遍剛纔我

到他房中。我觀他說話兒還伶俐。天可憐。只怕還熬出來了。也不見得。月娘道。眼眶兒也塌了。嘴唇兒也乾了。耳輪兒也焦了。還好甚麼。也只在早晚間了。他這個病。是恁伶俐。臨斷氣還說話兒。西門慶道。他來了咱家這幾年。大大小小。沒曾惹了一個人。且是又好個性格兒。又不出語。你教我捨得他。那些兒題起來。又哭了。月娘亦止不住落淚。不說西門慶與月娘說話。且說李瓶兒喚迎春奶子。你扶我面朝裡畧倒倒兒。因問道。天有多咱時分了。奶子道。雞還未叫。有四更天了。叫迎春替他鋪墊了身底下草紙。掇他朝裡。蓋被停當睡了。衆人都熬了一夜。沒曾睡。老馮與王姑子。都已先睡了。那邊屋裡鎖着。迎春與綉春在面前地坪上。搭着鋪。那裡剛睡倒。沒半個時辰。正在睡思昏沉

之際夢見李瓶兒下炕來推了迎春一推囑付你每看家我去
也忽然驚醒見桌上燈尚未滅向床上視之還面朝裡摸了摸
口內已無氣矣不知多咱時分嗚呼哀哉斷氣身亡可惜一個
美色佳人都化作一場春夢正是閻王教你三更死怎敢留人
到五更迎春慌忙推醒衆人點燈來照果然見沒了氣兒身底
下流血一窪慌了手脚走去後邊報知西門慶西門慶聽見李
瓶兒死了和吳月娘兩步做一步奔到前邊揭起被但見面容
不改體尚微溫脫然而逝身上止着一件紅綾抹胸兒這西門
慶也不顧的甚麼身底下血漬兩隻手抱着他香腮親着口口
聲聲只叫我的沒救的姐姐有仁義好性兒的姐姐你怎的閃
了我去了寧可教我西門慶死了罷我也不久活于世了平白

活着做甚麼。在房裡離地跳的有三尺高。大放聲號哭。吳月娘
亦揾淚哭涕不止。落後李嬌兒孟玉樓潘金蓮孫雪娥合家大
小丫鬟養娘。都擡起房子來也一般。哀聲動地哭起來。月娘向
李嬌兒孟玉樓道。不知晚夕多咱死了。恰好衣服兒也不曾得
穿一件在身上。玉樓道。娘我摸他身上還溫溫兒的。也纔去了
不多回兒。咱不趁熱脚兒。不替他穿上衣裳。還等甚麼。月娘因
見西門慶搕伏在他身上。撾臉兒那等哭。只叫天殺了我西門
慶了。姐姐你在我家三年光景。一日好日子沒過。都是我坑陷
了你了。月娘聽了。心中就有些不耐煩了。說道你看韶刀。哭兩
聲兒丟開手罷了。一個死人身上。也沒個忌諱。就臉撾着臉兒
哭。倘忽口裡惡氣。撲着你是的。他沒過好日子。誰過好日子來

人死如燈滅。半晌時不借留的住他。倒好各人壽數到了。誰人不打這條路兒來。因令李嬌兒孟玉樓。你兩個拏鑰匙。那邊屋裡尋他裝防的衣服出來。咱與他眼看着與他穿上。叫六姐咱兩個把這頭來整理整理。西門慶又向月娘說。多尋出兩套他心愛的好衣服。與他穿了去。月娘分付李嬌兒玉樓。你尋他新裁的大紅段遍地錦襖兒。柳黃遍地金裙。并他今年喬親家去那套丁香色雲紬粧花衫。翠藍寬拖子裙。并新做的白綾襖。黃紬子裙出來罷。當下迎春拏着燈。孟玉樓拏鑰匙。開了床屋裡門。白步床上第二個描金箱子裡。都是新做的衣服。揭開箱蓋。玉樓李嬌兒尋了半日。尋出三套衣裳來。又尋出件綀襯身紫綾小襖兒一件。白紬子裙一件。大紅小衣兒。白綾女襪兒。粧花膝褲腿兒李嬌兒抱過這邊屋裡與月娘瞧月娘正與金蓮燈下替他整理頭髻用四根金簪兒綰一方大鴉青手帕旋勒停當李嬌兒因問尋雙甚麼顏色鞋與他穿了去潘金蓮道姐姐他心裡只愛穿那雙大紅遍地金鸚鵡摘桃白綾高底鞋兒只穿了沒多兩遭兒倒尋那雙鞋出來與他穿了去罷吳月娘道不好倒沒的穿上陰司裡好教他跳火坑你把前日門外往他嫂子家去穿的那雙紫羅遍地金高底鞋也是扣的鸚鵡摘桃鞋尋出來與他裝綁了去罷這李嬌兒聽了走來向他盛鞋的四個小描金箱兒約百十雙鞋翻遍了都沒有迎春說俺娘穿了來只放在這裡怎的沒有走來廚下問繡春繡春道我看見娘包放在箱坐廚裡扯開坐廚子尋還有一大包都是新鞋尋

出來了。衆人七手八脚。都裝綁停當西門慶率領衆小厮在大廳上。收捲書畫圍上幃屏。把李瓶兒用板門擡出停于正寢下鋪錦褥。上覆紙被。安放几筵香案。點起一盞隨身燈來。專委兩個小厮在旁侍奉。一個打磬。一個炷香。一面使玳安快請陰陽徐先生來看時批書。月娘打點出裝綁衣服來。就把李瓶兒床房門鎖了。只留炕屋裡。交付與丫頭養娘。那馮媽媽見沒了主兒。哭的三個鼻頭兩個眼淚。王姑子且口裡喃喃吶吶。替李瓶兒。念密多心經。藥師經。解寃經。楞嚴經。并大悲中道神呪。請引路王菩薩。與他接引冥途。西門慶在前廳。手拘着胸膛。由不的撫尸大慟。哭了又哭。把聲都呼啞了。口口聲聲。只叫我的好性兒有仁義的姐姐。不要比及亂着鷄就叫了。玳安請了徐先生來向西門慶施禮說道老爹煩惱奶奶沒了在于甚時候西門慶道因此時候不真睡下之時已打四更房中人都困倦睡熟了不知多咱時分沒了徐先生道此是第幾位奶奶西門慶道乃是第六的小妾生了個拙病淹淹纏纏也這些時了徐先生道不打緊因令左右掌起燈來廳上揭開紙被觀看手掐丑更說道正當五更二點徹還屬丑時斷氣西門慶即令取筆硯請徐先生批書這徐先生向燈下打開青囊取出萬年曆通書來觀看問了姓氏并生時八字批將下來一故錦衣西門夫人李氏之喪生于元祐辛未正月十五日午時卒于政和丁酉九月十七日丑時今日丙子月令戊戌犯天地往亡日重喪之日煞高一丈向西南方而去遇太歲煞冲迴斬之局避本家忌哭聲

成服後無妨。入殮之時。忌龍虎鷄蛇四生人。外親人不避。吳月娘使出玳安來。教徐先生看看黑書上。往那方去了。這徐先生一面打開陰陽秘書觀看。說道。今日丙子日。乃是巳丑時死者。上應寶瓶宮。下臨齊地。前生曾在濱州王家作男子。打死懷胎母羊。今世爲女人屬羊。稟性柔婉。自幼陰謀之事。父母雙亡。六親無靠。先與人家作妾。受大娘子氣。及至有夫主。又不相投。犯三刑六害。中年雖招貴夫。常有疾病。比肩不和。生子夭亡。主生氣疾。肚腹流血而死。前九日魂去。托生河南汴梁開封府袁指揮家爲女。艱難不能度日。後躭閣至二十歲。嫁一富家。老少不對。中年享福。壽至四十二歲。得氣而終。看畢黑書。衆婦女聽了。皆各嘆息。西門慶教徐先生看破土安葬日期。徐先生請問老

爹停放幾時。西門慶哭道。熱突突怎麽就打發出去的。須放過
五七纔好。徐先生道。五七裡沒有安葬日期。倒是四七裡。宜擇
十月初八日丁酉午時破土。十二日辛丑巳時安葬。合家六位
本命都不犯。西門慶道也罷。到十月十二日發引。再沒那移了。
徐先生當寫殃榜。盖伏死者身上。向西門慶道。十九日辰時大
殮。一應之物。老爹這里俻下。于是剛打發徐先生出了門。天已
發蹺。西門慶使琴童兒騎頭口往門外請花大舅。然後分班差
家下人各親眷處報喪。又使人往衙門中給假。在家整理喪事。
便玳安往獅子街取了二十桶瀼紗漂白。三十桶生眼布來。教
趙裁顧了許多裁縫在西廂房。先顧人造幃幕帳子桌圍。并入
殮衣衾纏帶。各房裡女人衫裙。外邊小厮伴當。每人都是白唐

巾一件白直裰又兊了一百兩銀子。教賁四往門外店裡攛了
三十桶魁光麻布。二百疋黃絲孝絹。一面又教搭匠在大天井
內。搭五間大棚西門慶因想起李瓶兒動止行藏模樣兒來。心
中忽然想起忘了與他傳神。叫過來保來問。那裡有寫真好畫
師。尋一個傳神。我就把這件事忘了。來保道。舊時與咱家畫屋
屏的韓先兒。他原是宣和殿上的畫士。革退來家。他傳的好神。
西門慶道。他在那里住。快與我請來。這來保應諾去了。西門慶
熬了一夜沒睡的人。前後又亂了一五更。心中〻着了悲慟。神
思恍亂。只是沒好氣。罵了頭。踢小厮。守着李瓶兒屍首。由不的
放聲哭叫。那玳安在傍亦哭的。言不的語不的。吳月娘正和李
嬌兒孟玉樓潘金蓮在帳子後。打夥兒分散各房裡丫頭。并家

人媳婦。看見西門慶只顧哭起來。把喉音也叫啞了。問他與茶也不吃。只顧沒好氣。月娘便道你看恁勞叨。死也死了。你沒的哭的他活。哭兩聲丟開手罷了。只顧扯長絆兒哭起來了。三兩夜沒睡。頭也沒梳。臉也還沒洗。亂了恁五更。黃湯辣水還沒嘗着。就是鐵人也禁不的。把頭梳了出來。吃些甚麽。還有個三張。好小身子。一時摔倒了却怎樣兒的。玉樓道。他原來還沒梳頭洗臉哩。月娘道。洗了臉倒好。我頭裡使小廝請他後邊洗臉。他把小廝踢進來。誰再問他來。金蓮接過來道。你還沒見頭裡進他屋裡尋衣裳。教我是不是。倒好意說他都相恁一個死了。你恁般起來把骨禿肉兒也沒了。你在屋裡吃些甚麽兒出去再亂也不遲。他倒把眼睜紅了的。罵我狗攮的淫婦。管你甚麽事。

我如今鎮日不教狗攮却教誰攮哩。恁不合理的行貨子。只說人和他合氣。月娘道。熱突突死了、怎麼不疼。你就疼也還放心裡。那裡就這般顯出來。人也死了。不曾那有惡氣。沒惡氣就口過着口那等叫喚。不知甚麼張致。吃我說了兩句。他可可兒來三年沒過一日好日子。鎮日教他挑水挨磨來。孟玉樓道娘不是這等說。李大姐倒也罷了。沒甚麼倒吃了他爹恁三等九格的。金蓮道他得過好日子。那個偏受用着甚麼哩。都是一個跳板兒上人。正說着只見陳經濟手裡拿着九疋水光絹。爹說教娘每剪各房裡手帕。剩下的與娘每做裙子。月娘收了絹便道姐夫去請你爹進來扒口子飯。這咱七八待晌午。他茶水還沒噇着哩。經濟道。我是不敢請他。頭裡小廝請他吃飯。差些沒一脚踢殺了。我又惹他做甚麼。月娘道。你不請他。等我另使人請他來吃飯。良久吽過玳安來。說道你爹還沒吃飯。哭這一日了。你拿上飯去。趂温先生在陪他吃些兒。玳安道。請應二爹和謝爹去了。等他來時。娘這裡使人拿飯上去。消不的他幾句言語兒。管情爹就吃了飯。月娘道。硶說嘴的囚根子。你是你爹肚裡蛔虫。俺每這幾個老婆倒不如你了。你怎的就知道他兩個來纔吃飯。玳安道。娘每不知爹的好朋友。大小酒席兒那遭少了他兩個。爹三錢。他也是三錢。爹二星。他也是二星。爹隨問怎的着了惱。只他到跟說兩句話兒。爹就眉花眼笑的。說了一回。棋童兒請了應伯爵謝希大二人來到。進門撲倒靈前地下。哭了半日。只哭我的有仁義的嫂子。被金蓮和玉樓罵道。賊油嘴的

四根子。俺每都是沒仁義的。二人哭畢扒起來。西門慶與他回
禮兩個又哭了。說道哥煩惱煩惱。一面讓至廂房內。與溫秀才
敘禮坐下。先是伯爵問道嫂子甚時候歿了。西門慶道。正丑時
斷氣。伯爵道我到家已是四更多了。房下問我。我說看陰騭嫂
子這病已在七八了。不想剛睡就做了一夢。夢見哥使大官兒
來請我。說家裡吃慶官酒。教我急急來到。見哥穿着一身大紅
衣服。向袖中取出兩根玉簪兒。與我瞧說一根折了。教我瞧了
半日。對哥說可惜了。這折了是玉的。完全的倒是硝子石。哥說
兩根都是玉的。俺兩個正瞧着。我就醒了。教我說此夢做的不
好。房下見我只顧咂嘴。便問你和誰說話。我道你不知。等我到
天曉告訴你。等到天明。只見大官兒到了。戴着白。教我只顧跌

脚。果然哥有孝服。西門慶道。我前夜也做了恁個夢。和你這個一樣兒。夢見東京翟親家那裡寄送了六根簪兒。內有一根碎折了。我說可惜兒的。教我夜裡告訴房下。不想前邊斷了氣。好不睜眼的天。撇的我真好苦。寧可教我西門慶死了。眼不見就罷了。到明日一時半霎想起來。你教我怎不心疼。平時我又沒曾虧欠了人。天何今日奪吾所愛之甚也。先是一個孩兒也沒了。今日他又長伸脚子去了。我還活在世上做甚麼。雖有錢過北斗。成何大用。伯爵道哥你這話就不是了。我這嫂子與你是那樣夫妻。熱突突死了。怎的不心疼。爭耐你惹大的家事。又居着前程。這一家大小太山也似靠着你。你若有好反怎麼了得就是這些嫂子都沒主兒。常言一在三在。一亡三亡。哥你聰明。

你伶倆。何消兄弟每說。就是嫂子他青春年少你疼。不過。越不過他的情。成服令僧道念幾卷經。大發送葬埋在墳裡。哥的心也盡了。也是嫂子一場的事。再還要怎樣的。哥你且把心放開。當時被伯爵一席話。說的西門慶心地透徹。茅塞頓開。也不哭了。須臾拿上茶來吃了。便喚玳安後邊說去看飯來。我和你應二爹溫師父謝爹吃。伯爵道哥原來還未吃飯哩。西門慶道。自後你去了。亂了一夜。到如今誰嘗甚麼兒來。伯爵道。哥你還不吃飯。這個就糊突了。常言道。寧可折本。休要饑損。孝經上不說的。教民無以死傷生。毀不滅性。死的自死了。存者還要過日子。哥要做個張主。正是數語撥開君子路。片言題醒夢中人。畢竟未知後來如何。且聽下回分解。

金瓶梅

第六十三回

韓畫士傳眞作遺愛

西門慶觀戲動深悲

第六十三回

親朋祭奠開筵宴　西門慶觀戲感李瓶兒

十二瑤臺七寶欄　瓊花落後再開難
龍鬚煮藥醫無效　熊胆爲丸晒未乾
蓉帳夜愁紅燭冷　紙窓秋暮翠衾寒
應憐失伴孤飛雁　霜落風高一影單

話說當日應伯爵。勸解了西門慶一回。拭淚而止。令小廝後邊看飯去了。不一時吳大舅吳二舅都到了。靈前行畢禮。與西門慶作揖。道及煩惱之意。請至廂房中與衆人同坐。玳安走至後邊。向月娘說。如何。我說娘每不信。怎的應二爹來了。一席話說的爹就吃飯了。金蓮道。你這賊積年久慣的囚根子。鎮日在外

邊替他做牽頭。有個拿不住他性兒的。玳安道。從小兒答應主
子。不知心腹。月娘問道那幾個在廂房子裡坐着。陪他吃飯。玳
安道。大舅二舅剛纔來。和溫師父。連應二爹。謝爹韓夥計。姐夫
共爹。八位人哩。月娘道。請你姐夫來後邊吃罷了。也擠在上頭。
玳安道。姐夫坐下了。月娘分付。你和小厮往廚房裡拿飯去。你
另拿甌兒拿粥與他吃。清早辰不吃飯。玳安道。再有誰。止我在
家。都使出報喪燒帋買東西。王經又使他往張親家爹那裡借
雲板去了。月娘道。書童那奴才。和他拿去是的。怕打了他紗絹
展脚兒。玳安道。書童和畫童兩個在靈前。一個打磬。一個伺候
焚香燒紙哩。春鴻爹又使他跟賁四換絹去了。嫌絹不好。要換
六錢一疋的絹破孝。月娘道。論起來五錢銀子的也罷。又巴巴

兒換去。又道你叫下畫童兒。那小奴才。和他快拿去。只顧還挨磨甚麼。玳安于是和畫童兩個。大盤大碗。拿到前邊安放入仙卓席。衆人正吃着飯。只見平安拿進手本來。禀衙門中夏老爹。差寫字的進了三班軍衛來。這裡答應討回帖。西門慶看了放下。分付討三錢銀子賞他寫期服生雙回帖兒回你夏老爹。多謝了。一面吃畢飯。收了家火。只見來保請的畫師韓先生來到。西門慶與他行畢禮。說道。煩先生揭白傳個神子兒那韓先生道。小人理會得了。吳大舅道動手遲了些。倒只怕面容改了。韓先生道。也不妨。就是揭白也傳得。正吃茶畢。忽見平安來報門外花大舅來了。西門慶陪花子油。靈前哭涕了一回見畢禮數。與衆人一處。因問甚麼時候。西門慶道。正丑時斷氣。臨死還伶

伶俐俐說話兒倒睡下。丫頭起來瞧。就沒了氣兒。因見韓先生
傍邊小童。拿着屏插。袖中取出抹筆顏色來。花子油道。姐夫如
今要傳個神子。西門慶道。我心裡疼他。少不的留了個影像兒。
早晚看着題念他題兒。一面分付後邊堂客躲開。掀起帳子。領
韓先生。和花大舅。衆人到根前。這韓先生用手揭起千秋旛。用
五輪寶蓋。着兩點神水。打一觀。看見李瓶兒勒着鴉青手帕。雖
故久病。其顏色如生。姿容不改。黃懨懨的。嘴唇兒紅潤可愛。那
西門慶。由不的掩淚而哭。當下來保與琴童。在傍捧着屏插顏
色。韓先生一見就知道了。衆人圍着他求畫。應伯爵便道。先生
此是病容。平昔好時。比此還生的面容飽滿。姿容秀麗。韓先生
道不須尊長分付小人知道不敢就問老爹。此位老夫人。前者

五月初一日。曾在岳廟裡燒香親見一面可是否。西門慶道。正是那時還好哩。先生你用心想着傳畫一軸大影。一軸半身。靈前供養。我送先生一疋段子。上蓋。十兩銀子。韓先生道。老爹分付。小人無不用心。須臾描染出個半身來。端的玉貌幽花秀麗。肌膚嫩玉生香。拿與衆人瞧。就是一幅美人圖兒。西門慶看了。分付玳安。拿到後邊與你娘每瞧瞧去。看好不好。有那些兒不是。說來好改。這玳安拿到後邊。向月娘道。爹說。交娘每瞧瞧。六娘這影。看畫的如何。那些兒不像。說出去教韓先生好改。月娘道。成精鼓搗人。也不知死到那裡去了。又描起影來了。畫的那些兒像。潘金蓮接過來道。那個是他的兒女。畫下影。傳下神來。好替他磕頭禮拜。到明日六個老婆死了。畫下六個影纔好。孟玉樓和李嬌兒。拿過來觀看。說道。大娘你來看李大姐。這影倒像似好時那等模樣。打扮的鮮鮮兒只是嘴唇畧匾了些兒。娘道。這左邊額頭畧低了些兒。他的眉角比這眉角兒還灣些。虧這漢子揭白怎的畫來。玳安道。他在廟上曾見過六娘一面。剛纔想着就畫到這等模樣。少頃。只見王經進來說道娘每看了。快教拿出去。喬親家爹來了。等喬親家爹瞧哩。玳安走到前邊。分付韓先生道。這裡邊說來嘴唇畧匾了些。左額角稍低。眉還畧放灣着些兒。韓先生道。這個不打緊。隨即取描筆改正了。呈與喬爹瞧。喬大户道。親家毋這幅尊像。是畫得通。只是少了口氣兒。西門慶滿心歡喜。一面遞了三鍾酒與韓先生管待了酒飯。江漆盤捧出一疋尺頭。十兩白金與韓先生。教他先攅造出半身來。就要挂大影。不悮出殯就是了。俱要用大青大綠。珠翠圍髮冠大紅遍神五彩遍地金袍兒百花裙。衢花綾襪。象牙軸頭。韓先生道。不必分付。小人知道。領了銀子。教小童拿着挿屏。拜辭出門。喬大戶與衆人。又看了一回。做成的棺木。便道親家毋。今日小殮罷了。西門慶道。如今仵作行人來。就小殮。大殮還是等到三日。喬大戶吃畢茶。就告辭起身去了。不一時仵作行人來伺候。紙劄打捲鋪下衣衾。西門慶要親與他開光明強着陳經濟做孝子。與他抿了目。西門慶旋尋出一顆胡珠安放在他口裡。登時小殮停當。照前停放端正。放下帳子。合家大小哭了一場。來興又早冥衣鋪裡做了四座堆金瀝粉。侍奉的捧盆巾盥櫛。毛女兒。都是珠子纓絡兒。銀廂墜兒。似真的。色綾衣服。

一邊兩座擺下。靈前供養。爐瓶燭臺香盒。教錫匠打造停
當。擺在卓上。耀日爭輝。又兑了十兩銀子。教銀匠打了三付銀
爵盞。正在廂房中與應伯爵定管喪禮簿籍。先兑了五百兩銀
子。一百吊錢來。委付與韓夥計管帳。賁四與來興兒專管大小
買辦。兼管外厨房。應伯爵謝希大溫秀才甘夥計四人輪番陪
侍往來弔客。崔本專管付孝帳。來保管外庫房。王經管酒房。春
鴻與畫童專管靈前伺候。平安逐日與四名排軍單管人來打
雲板。捧香紙。又是一個寫字。帶領四名排軍。在大門首記門簿。
値念經日期打傘。相搭棚幡幢。無事把門。都派委已定。寫了告
示。貼在影壁上。各遵守去訖。只見皇庄上薛内相差人送了六
十根杉條。三十條毛竹。三百領蘆蓆。一百條麻繩。拿帖見與西

門慶瞧。連忙賞了來人五錢銀子。拿朞服坐回帖兒打發去了。分付搭採匠。把棚起脊搭大着些。留兩個門走。把影壁夾在中間。前廳房內。還搭三間罩棚。大門首紮七間榜棚。請報恩寺十二衆僧人。先念倒頭經。每日兩個茶酒。在茶坊內伺候茶水。外廚房兩名廚役。答應各項飯食。花大舅吳二舅坐了一回。起身去了。西門慶交温秀才起孝帖兒。要開刊去。令寫荆婦奄逝。情惜拿與應伯爵看。伯爵道。這個理上說不過。見有如今吳家嫂子在正室。如何使得這一個出去。不被人議論。就是吳大哥心內也不自在。等我慢慢再與他講。你且休要寫着。陪坐至晚。各散歸家去了。西門慶晚夕也不進後邊去。就在李瓶兒靈傍邊。裝起一張京床。拿圍屏圍着。鋪陳停當。獨自宿歇。有春鴻書童

兒。近前伏侍。天明便往月娘房裡梳洗。裁縫做白唐巾。孝冠孝
衣。白絨襪。白履鞋。經帶隨身。第二日清辰。夏提刑就來探喪。弔
問。慰其節哀。西門慶還禮畢。溫秀才相陪。待茶而去。到門首分
付寫字的。好生在此答應。查有不到的排軍。呈來衙門內懲治。
說畢。騎馬往衙門中去了。西門慶令溫秀才。發帖兒。差人請各
親眷。三日做齋誦經。早來赴會。後晌鋪排來收拾道場。懸挂佛
像不必細說。那日院中吳銀兒。打聽得知。坐轎子來靈前。哭泣
上紙。到後邊。月娘相接引去。吳銀兒與月娘磕頭。哭道。六娘沒
了。我通一字不知。就沒個人兒和我說聲兒。可憐傷感人也。孟
玉樓道。你是他乾女兒。他不好了。這些時你就不來看他看兒。
吳銀兒道。好三娘。我但知道。有個不來看的。說句假就死了。委

實不知道。月娘道。你不來看你娘。他還挂牽着你。留了件東西兒與你。做一念兒。我替你收着哩。因令小玉你取出來。與銀姐兒看。那小玉走到裡間。取出包袱內。包着一套段子衣服。兩根金頭簪兒。一件金花兒。把吳銀兒哭的。淚人也相似。說道。我早知他老人家不好。也來伏侍兩日兒。說着。一面拜謝了月娘。月月待茶與他吃。留他過了三日去。到三日和尚打起磬子。揚幡道場。誦經。挑出紙錢去。合家大小。都披麻帶孝。陳經濟穿重孝。經巾。佛前拜禮。街坊隣舍。親朋官長。來弔問。上紙。祭奠者。不計其數。陰陽徐先生。早來伺候。大殮。祭告已畢。擡屍入棺。西門慶交吳月娘。又尋出他四套上色衣服來。裝在棺內。四角安放了四錠小銀子兒。依着花子油說。姐夫倒不消安他在裡面。金銀日久定要出世倒非久遠之居西門慶不肯安放如故放下一七星板閣上紫盖仵作四面用長命丁一齊釘起來一家大小放聲號哭西門慶亦哭的呆了口口聲聲哭叫我的年小的姐姐再不得見你了良久哭畢管待徐先生齋饌打發去了酒花米貼神燈安真四個大字在靈前親朋夥計人等都是巾帶孝服行香之時門首一片皆白温秀才舉薦北邉杜中書來題名旌名子春號雲野原侍真宗寧和殿今坐閑在家西門慶備金幣請來在捲棚内備菓盒西門慶親遞三杯酒應伯爵與温秀才相陪鋪大紅官紵題旌西門慶要寫詔封錦衣西門慶恭人李氏柩十一字伯爵再三不肯說見有正室夫人在如何使得杜中書道說曾生過子於禮也無碍講了半日去了恭字改了

室人溫秀才道。恭人係命婦有爵。室人乃室內之人。只是個渾然通常之稱。于是用白粉題畢。詔封二字。貼了金。懸於靈前。又題了神主。叩謝杜中書管待酒饌。拜辭而去。那日喬大户。吳大舅。花大舅。門外韓姨夫沈姨夫。各家都是三牲祭卓來燒紙。喬大户娘子。并吳大妗子。二妗子。花大妗子。坐轎子來弔喪。祭祀哭泣。月娘等皆孝髻頭鬚。繫腰麻布孝裙出來。回禮舉哀。讓後邊待茶擺齋。惟花大妗子。與花大舅。便是重孝直身道袍兒。餘者都是輕孝。那日院中李桂姐。打聽得知。坐轎子也來上紙看。見吳銀兒在這裡。說道。你幾時來的。怎的也不會我會兒。好人來。原來只瞞你。吳銀兒道。我也不知道娘沒了。早知是也來看看兒。月娘後邊管待。俱不必細說。須臾過了。看看到首七。正是

報恩寺十六衆上僧。黃僧官爲首座。引領做水陸道場。誦法華
經。拜三昧水懺。親朋夥計。無不畢集。那日玉皇廟吳道官來上
紙弔孝。攬二七經。西門慶留在捲棚內。衆人吃齋。忽見小廝來
報。韓先生送半身影來。衆人觀看。但見頭戴金翠圍冠。雙鳳珠
子。挑牌。大紅粧花袍兒。白馥馥臉兒。儼然如生時一般。西門慶
見了。滿心歡喜。懸挂像材頭上。衆人無不誇奬。只少口氣兒。一
面讓捲棚吃齋。囑付大影。比長還要加工夫些。韓先生道。小人
隨筆潤色。豈敢粗心。西門慶厚賞而去。午間喬大戶那邊來上
祭。猪羊祭品。吃看卓面。高頂簇盤。五老錠勝。方糖樹果。金碟湯
飯。五牲看碗。金銀山段帛綵繒。冥紙炷香。共約五十餘擡。地弔
高攙。鑼鼓細樂吹。打纓絡。打挑喧闐而至。官堂客約許多人。陰

陽生讀祝。西門慶與陳經濟穿孝衣。在靈前還禮。應伯爵謝希大。與温秀才。甘夥計等。迎待賓客。那日喬大戶邀了尚舉人。朱堂官。吳大舅。劉學官。花千戶。段親家。七八位親朋。各在靈前上香。三獻已畢。俱跪聽讀祝文曰。

維政和七年歲次丁酉。九月庚申朔越二十二日辛巳。眷生喬洪等。謹以剛鬣柔毛庶羞之奠。致祭于

故親家母西門孺人李氏之靈曰。嗚呼。孺人之性。寛裕温良。治家勤儉。御衆慈祥。克全婦道。譽動鄉邦。閨閫之秀。蘭蕙之芳。夙配君子。剏聘鸞凰。撫字子性。以義以方。剏犂大德。以柔以良。施懿範於家室。悚和粹於娣嬙。藍玉已種。浦珠已光。正期諧琴瑟於有永。享彌壽於無疆。胡為一疾。夢斷黃粱。善人之

殁。兆不哀傷。弱女襁褓。冰愛姻嬙。不期中道。天不從願。鴛伴
失行。悵隔幽冥。莫覩行藏。悠悠情誼。寓此一觴。靈其有知。來
格來歆。尚饗。
官客祭畢。回禮畢。讓捲棚內。自有卓席管待。不在話下。然後喬
大戶娘子。崔親家母。朱堂官娘子。尚舉人娘子。段大姐衆堂家
女眷。祭奠地弔。鑼鼓靈前。弔鬼判隊舞。戲將响樂。吳月娘陪着
哭畢。請去後邊待茶。設席三湯五割。俱不必細說。西門慶正在
捲棚內陪人吃酒。忽听前邊打的雲板响。荅應的荒荒張張進
來禀報。本府胡爺上紙來了。在門首下轎子。慌的西門慶連忙
穿孝衣。靈前伺候。即使溫秀才。衣巾素服。出迎前廳伺候。換衣
裳。左右先捧進香紙。然後胡府尹素服金帶。總進來。許多官吏

圍隨扶衣攙帶。奔走不暇。于是靈前春鴻跪着。捧的香高高的上了香。展拜兩禮。西門慶便道。老先生請起。多有勞動。連忙下來回了禮。胡府尹道。弔遲弔遲。令夫人幾時沒了。學生昨日纔知。西門慶道。不想粗室。一疾不救。辱承老先生枉弔。溫秀才在傍作揖畢。與西門慶兩邊列坐。待茶一杯。胡府尹起身。溫秀才送出大門。上轎而去。上祭人吃至後晌時分方散。到第二日。院中鄭愛月兒家來上紙。愛月兒下了轎子。穿着白雲絹對衿襖兒藍羅裙子。頭上勒着珠子箍兒白挑線汗巾子。進至靈前燒了紙。月娘見他擡了八盤餅饊。三牲湯飯來祭奠。連忙討了一疋整絹孝裙與他。吳銀兒與李桂姐。都是三錢奠儀。告西門慶說。西門慶道。值甚麼。每人都與他一疋整絹頭鬚繫腰。後邊房

兒裡擺茶管待。過夜。晚夕親朋夥計來伴宿。呼了一起海鹽子
弟。搬演戲文。李銘吳惠。鄭奉鄭春。都在這裡答應。晚夕。西門慶
在大棚內放十五張卓席。為首的就是喬大户。吳大舅。吳二舅。
花大舅。沈姨夫。韓姨夫。倪秀才。溫秀才。任醫官。李智。黃四。應伯
爵。謝希大。祝日念。孫寡嘴。白來創。常時節。傅日新。韓道國。甘出
身。賁地傳。吳舜臣。兩個外甥。還有街坊六七位人。都是十菜五
菓。開卓兒。點起十數枝高檠大燭。來廳上垂下簾。堂客便在靈
前圍着圍屏。放卓席往外觀戲。當時眾人祭奠畢。西門慶與經
濟回畢禮。安席上坐。下邊戲子打動鑼鼓。搬演的是韋皐玉簫
女。兩世姻緣玉環記。西門慶分派四名排軍。單管下邊拿盤。琴
童棋童畫童來安。四個單管下菓兒。李銘吳惠鄭奉鄭春。四個

小優兒席上斟酒。不一時弔場。生扮韋皐。唱了一回下去。貼旦扮玉簫。又唱了一回下去。廚房裡廚役上湯飯割鵝。應伯爵使向西門慶說我聞的院裡姐兒三個在這裡。何不請出來。與喬老親家老舅席上遞杯酒兒。他到是會看戲。又倒便益了他。西門慶便使玳安進入說去。請他姐兒三個出來。喬大户道。這個却不當。他來弔喪。如何叫他遞起酒來。伯爵道。老親家你不知相這樣小淫婦兒。別要閑着他。快與我牵出來。你說應二爹說六娘沒了。只當行孝順。也該與俺每人遞杯酒兒。玳安進去半日說。聽見應二爹在坐。都不出來哩。伯爵道。既恁說我去罷。走了兩步。又回坐下。西門慶笑道。你怎的又回了。伯爵道。我有心待要扯那三個小淫婦出來。等我罵兩句。出了我氣。我纔去落後又使了玳安請了一遍那三個纔慢條條出來都一色穿着白綾對衿襖兒藍段裙子向席上不端不正拜了拜兒笑嘻嘻立在傍邊應伯爵道俺每在這裡你如何只顧推三阻四不肯出來那三個也不答應向上邊逓了回酒號設一席坐着下邊鼓樂响動關目上來生扮韋皐淨扮包知木同到构欄裡玉簫家來那媽兒出來迎接包知木道你去叫那姐兒出來媽云包官人你好不着人俺女兒等閒不便出來說不的一個請字兒你如何說叫他出來那李桂姐向席上笑道這個姓包的就和應花子一般就是個不知趣的蹇味兒伯爵道小淫婦我不知趣你家媽兒喜歡我桂姐道他喜歡你過一邊兒西門慶道且看戲罷且說甚麼再言語罰一大杯酒那伯爵纔不言語了那

戲子。又做了一回並下。這裡廳內左邊。弔簾子看戲的。大妗子二妗子。楊姑娘潘媽媽。吳大姨孟大姨。吳舜臣媳婦。鄭三姐段大姐。并本家月娘。衆姊妹。右邊弔簾子看戲的。是春梅玉簫蘭香迎春。小玉。都擠着觀看。那打茶的鄭紀。正拿着一邊菓仁泡茶。從簾下頭過。被春梅叫住問道。拿茶與誰吃。鄭紀道。那邊大妗子娘每要吃。這春梅取一盞在手。不想小玉聽見下邊扮戲的。旦兒名子也叫玉簫。便把玉簫拉着說道。淫婦你的孤老漢子來了。鴇子叫你接客哩。你還不出去。使力往下一推。直推出簾子外。春梅手裡拿着茶。推潑一身。罵玉簫怪淫婦。不知甚麼張致。都頑的這等。把人的茶都推潑了。早是沒曾打碎盞兒。西門慶聽得。使下來安兒來問。誰在裡面喧嚷。春梅坐在椅上道

你去就說。玉簫浪淫婦。面見了漢子。這等浪想。那西門慶問了
一回。亂着席上遞酒。就罷了。月娘便走過。那邊數落小玉。你出
來這一日。也往屋裡瞧瞧去。都在這裡。屋裡有誰。小玉道。大姐
剛纔後邊去的。兩位師父也在這裡坐着。月娘道。教你們賊狗
胎。在這裡看看。就恁惹是招非的。春梅見月娘過來。連忙立起
身來說道。娘你問他都一個個。只像有風出來。狂的通沒些成
色兒。嘻嘻哈哈。也不顧人看見。那月娘數落了一回。仍過那邊
去了。那時喬大户與倪秀才先起身去了。沈姨夫與任醫官。韓
姨夫也要起身。被應伯爵攔住道。東家你也說聲兒。俺們倒是
朋友。不敢散。一個親家都要去。沈姨夫。又不隔門。韓姨夫與任
大人。花大舅。都在門裡。這咱纔三更天氣。門也還未開。慌的甚

麼。都來大坐回兒。左右關目還未了哩。西門慶又令小厮提四
罈麻姑酒。放在面前。說列位只了此四罈酒我也不留了。因拿
大賞鍾。放在吳大舅面前。說道。那位離席破坐說起身者。任大
人舉罰。于是衆人又復坐下了。西門慶令書童催促子弟。快弔
關目上來。分付揀省熱鬧處唱罷。須臾打動鼓板。扮末的上來。
西門慶請問。小的寄眞容的。那一摺唱罷。西門慶道。我不管你。
只要熱鬧。貼旦扮玉簫唱了一回。西門慶看唱到今生難會因
此上寄丹青一句。忽想起李甁兒病時模樣。不覺心中感觸起
來。止不住眼中淚落。袖中不住取汗巾兒搽拭。又早被潘金蓮
在簾內冷眼看見。指與月娘瞧。說道。大娘你看他。好個沒來頭
的行貨子。如何吃着酒。看見扮戲的哭起來。孟玉樓道。你聰明

一場。這些兒就不知道了。樂有悲歡離合。想必看見那一段兒觸着他心。他覷物思人。見鞍思馬。纔落淚來。金蓮道。我不信。打唊的弔眼淚。替古人耽憂。這個都是虛。他若唱的我淚出來。我纔筭他好戲子。月娘道。六姐悄悄兒咱每聽罷。玉樓因向大娘子道。俺六姐不知怎的。只好快說嘴。那戲子又做了一回。約有五更時分。衆人齊起身。西門慶拿大杯攔門遞酒。款留不住。俱送出門。看收了家火。留下戲廂。明日有劉公公薛公公。來祭奠白日坐。還做一日。衆戲子答應。管待了酒飯。歸下處歇去了。李銘等四個。亦歸家不題。西門慶見天色已將曉。就歸後邊歇息去了。正是待多少紅日映窓寒色淺。淡烟籠竹曙光微。畢竟後來如何。且聽下回分解。

第六十四回　玉簫跪受三章約

聯經出版事業公司 景印版

書童私挂一帆風

第六十四回

玉簫跪央潘金蓮　合衛官祭富室娘

着人情思覺初闌　失把鮫綃仔細看
到老春蠶絲乃盡　成灰蠟燭淚初乾
鸞孤鳳友驚風散　軟玉嬌香異世間
西子風流誇未了　鷄鳴殘月五更寒

話說衆人散了。巳有鷄唱時分。西門慶歇息去了。玳安拿了一大壺酒。幾碟下飯。在前邊舖子裡。還和傅夥計陳經濟同吃。傅夥計老頭子。熬到這咱。巳是不樂。坐搭下鋪倒在炕上就睡了。因向玳安道。你自和平安兩個吃罷。陳姐夫想是也不來了。這玳安櫃上點着夜燭。吽進平安來。兩個把那酒。你一鍾。我一盞都吃了。把家火收過一邊。平安便去門房裡去睡了。玳安一面關上鋪子門。上炕和傅夥計兩個通厮脚兒睡下。傅夥計閑中因話題話。問起玳安說道。你六娘沒了。這等樣棺槨祭祀念經發送。也勾他了。玳安道。一來他是福好。只是不長壽。俺爹饒使了這些錢。還使不着俺爹的哩。俺六娘嫁俺爹。瞞不過你老人家是知道。該帶了多少帶頭來。別人不知道。我知道。把銀子休說。只光金珠玩好。玉帶縧環狄髻值錢寶石。還不知有多少。為甚俺爹心裡疼。不是疼人。是疼錢。是便是。說起俺這過世的六娘。性格兒這一家子都不如他。又有謙讓。又和氣。見了人只是一面兒笑。俺每下人自來也不曾呵俺每一呵。並沒失口罵俺每一句奴才。要的誓也沒賭一個。使俺每買東西。只拈塊兒。俺每但說娘拿等子。你稱稱俺每好使他便笑道。拿去罷。稱甚麼。
你不啚落啚甚麼來。只要替我買値着這一家子。都那個不借
他銀使。只有借出來。没有個不進去的。還也罷。不還也罷。俺大
娘和俺三娘。使錢也好。只是五娘和二娘。慳吝些。他當家俺每
就遭瘟來。會把腿磨細了。會勝買東西。也不與你個足數。綁着
鬼一錢銀子。拿出來只稱九分半。着緊只九分。俺每莫不賠出
來。傅夥計道。就是你大娘還好些。玳安道。雖做俺大娘好。毛司
火性兒。一回家好。娘兒每親親嗟嗟說話兒。你只休惱狠着他。
不論誰他也罵你幾句兒。總不如六娘。萬人無怨。又常在爹根
前替俺們說方便兒。誰問天來大事。受不的人央。俺們央他央
兒對爹說無有個不依。只是五娘快戳無路兒行動。就說你看

我對你爹說把這打只題在口裡如今春梅姐又是個合氣星天生的都出在他一屋裡傅夥計道你五娘來這裡也好幾年了玳安道你老人家是知道他想的起那咱來望他一個親娘也不認的來一遭要便像的哭了家去如今六娘死了這前邊又是他的世界那個管打掃花園又說地不乾淨一清早辰吃他罵的狗血噴了頭兩個說了一回那傅夥計在炕上齁齁就睡着了玳安亦有酒了合上眼不知天高地下直至紅日三竿都還未起來原來西門慶每常在前邊靈前睡早辰玉簫出來收疊牀鋪西門慶便往後邊梳頭去書童蓬着頭要便和他兩個在前邊打牙犯嘴互相嘲鬪半日纔進後邊去不想今日西門慶歸後邊上房歇去這玉簫趁人沒起來暗暗走出來與書

童遞了眼色。兩個走在花園書房裡幹營生去了。不料潘金蓮起的早。驀地走到廳上。只見靈前燈兒也沒了。大棚裡丟的卓椅。橫三豎四。沒一個人兒。只見畫童兒正在那裡掃地。金蓮道。賊囚根。乾淨只你在這裡掃地。都往那裡去了。畫童道。他每都還沒起來哩。金蓮道。你且丟下笤箒。到前邊對你姐夫說。有白絹拿一疋來。你潘姥姥還少一條孝裙子。再拿一副頭鬚繫腰來與他。他今日家去。畫童道。怕不俺姐夫還睡哩。等我問他去。良久回來道。姐夫說不是他的首尾。書童哥與崔大哥管孝帳。娘問書童哥要就是了。金蓮道。知道那奴才往那去了。你去尋他來。畫童向廂房裡瞧了瞧。說道纔在這裡來。敢往花園書房裡梳頭去了。金蓮道。你自在這裡掃完了地。等我自家問這囚

根子要去。于是輕移蓮步。款蹙湘裙。走到花園書房內。偶然聽
見裡面有人笑聲。推開門。只見他和玉簫在床上正幹得好哩。
便罵道。好囚根子。你兩個在此幹得好事。諕得兩個做手脚不
迭。齊跪在地下。哀告。金蓮道。賊囚根子。你且拿一疋孝絹。一疋
布來。打發你潘姥姥家去。那書童連忙拿來。遞上。金蓮逕歸房
來。那玉簫跟到房中。打旋磨兒跪在地下。央及五娘。千萬休對
爹說。金蓮便問。賊狗囚。你和我實說。這奴才從前已往。偷了幾
遭。一字兒休瞞我便罷。那玉簫便把和他偷的緣由。說了一遍。
金蓮道。既要我饒恕你。你要依我三件事。玉簫道。娘饒了我。隨
問幾件事。我也依娘。金蓮道。一件你娘房裡。但凡大小事兒。就
來告我說。你不說。我打聽出。定不饒你。第二件我但問你要甚

麽。你就稍出來與我。第三件你娘向來沒有身孕。如今他怎生便有了。玉簫道不瞞五娘說。俺娘如此這般吃了薛姑子的衣胞符藥。便有了。這潘金蓮一一聽記在心。纔不對西門慶說了。那書童見潘金蓮冷笑。領進玉簫去了。知此事有幾分不諧。向書房廚櫃內。收拾了許多手帕汗巾。挑牙簪紐。并收的人情。他自已也攢勾十來兩銀子。又到前邊櫃上。誆了傅夥計二十兩。只說要買孝絹。逕出城外。顧了長行頭口。到馬頭上。搭在鄉里船上。往蘇州原籍家去了。正是撞碎玉籠飛彩鳳。頓開金鎖走蛟龍。不想那日李桂姐。吳銀兒。鄭愛月。都家去了。薛內相劉內相。早辰差了人。擡三牲卓面來。祭奠燒紙。又每人送了一兩銀子。伴宿分資。叫了兩個唱道情的來。白日裡要和西門慶坐坐。

緊等着要打發他孝絹。尋書童兒要鑰匙。一地裡尋不着。傳夥計道。他早辰問我櫃上要了二十兩銀子。買孝絹去了。口稱爹分付他。孝絹不勾。敢是向門外買去哩。西門慶道。我並沒分付他。如何問你要銀子。一面使人往門外絹舖找尋。他那裡得來。月娘便向西門慶說。我猜這奴才。有些蹺蹊。不知弄下甚麼碎兒。拐了幾兩銀子走了。你那書房子裡。開了門還大瞧瞧。沒脚蟹的營生。只怕還拿甚麼去了。西門慶走到兩個書房裡。都瞧了。見庫房裡鑰匙。挂在墻上。大橱櫃裡。不見了許多汗巾手帕。并書禮銀子。犀牙紐扣之類。西門慶心中大怒。叫將該地方的管役來。分付各處三瓦兩巷。與我訪緝。那裡得來。正是不獨懷家歸興急。五湖烟水正茫茫。那時薛内相。從晌午時。就坐轎來。

了。西門慶請下吳大舅應伯爵溫秀才相陪。先到靈前上香打了個問訊。然後與西門慶敘禮、說道可傷可傷。如夫人是甚麼病兒歿了。西門慶道不幸患崩漏之疾。看治不好歿了。又多謝老公公費心、薛內相道沒多兒將就表意罷了。因看見桂着影說道好個標致娘子。正好青春享福。只是去世太早些溫秀才在傍道物之不齊。物之情也窮通壽夭。自有個定數。雖聖人亦不能強。薛內相扭回頭來見溫秀才衣巾穿着素服。說道此位老先兒是那學裡的。溫秀才躬身道。學生不才。備名府庠。薛內相道。我瞧瞧娘子的棺木兒。西門慶卽令左右把兩邊帳子撩起。薛內相進去觀看了一遍。極口稱贊道。好付板兒。請問多少價買的。西門慶道。也是舍親的一付板。學生回了他的來了。應伯爵道。請老公公試估估。那裡地道甚麼名色。薛內相。仔細看了此板。不是建昌是付鎮遠。伯爵道。就是鎮遠。也值不多。薛內相道。最高者必定是楊宣榆。伯爵道。楊宣榆单薄短小。怎麼看的過此板。還在楊宣榆之上。名喚做桃花洞。在於湖廣武陵川中。昔日唐漁父入此洞中。曾見秦時毛女在此避兵。是個人跡罕到之處。此板七尺多長。四寸厚。二尺五寬。還看一半親家分上。要了三百七十兩銀子哩。公公你不曾看見解開噴鼻香的。裡外俱有花色。薛內相道。是娘子這等大福。纔享用了這板。俺每內官家到明日死了。還沒有這等發送哩。吳大舅道。老公公好說。與朝廷有分的人。享大爵祿。俺每外官。焉能趕的上老公公。日近清光。代萬歲傳宣金口。見今童老爺。加封王爵。子孫皆

服蟒腰玉。何所不至哉。薛内相便道。此位會說話的兄、請問上
姓。西門慶道。此是妻兄吳大哥。見居本衛千户之職。薛内相道。
就是此位娘子的令兄麽。西門慶道。不是。乃賤荊之兄。薛内相
復於吳大舅聲諾。說道。吳大人失瞻。看了一回。西門慶讓至捲
棚内。正面安放一把校椅。薛内相坐下。打茶的拿上茶來吃了。
薛内相道。劉公公怎的這咱還不到。吽我答應的迎迎去。青衣
人跪下禀道。公公起身時。差小的邀劉公公去。劉公公轎已伺
候下了便來也。薛内相又問道。那兩個唱道情的來了不曾。西
門慶道。早上就來了。吽上來。不一時走來面前磕頭。薛内相道。
你每吃了飯不曾。那人道。小的每得了飯了。薛内相道。既吃了
飯。你每今日用心答應。我重賞你。西門慶道。老公公。學生這裡

還預備着一起戲子。唱與老公公聽。薛內相問是那裡戲子。西門慶道。是一班海鹽戲子。薛內相道。那蠻聲哈剌。誰曉的他唱的是甚麼。那酸子每在寒窻之下。三年受苦。九載遨遊。背着個琴劍書箱。來京應舉。怎得了個官。又無妻小在身邊。便希罕他這樣人。你我一個光身漢。老內相要他做甚麼。溫秀才在傍笑說道。老公公說話太不近情了。居之齊則齊聲。居之楚則楚聲。老公公處於高堂廣廈。豈無一動其心哉。這薛內相便拍手笑將起來道。我就忘了溫先兒在這裡。你每外官。原來只護外官。溫秀才道。雖是士大夫。也只是秀才做的。老公公砍一枝。損百隣。兎死狐悲。物傷其類。薛內相道。不然。一方之地。有賢有愚。正說着。忽左右來報。劉公公下轎了。吳大舅等出去迎接進來。向靈前作了揖。叙禮已畢。薛内相道。劉公公你怎的這咱纔來。劉内相道。北邊徐同家來拜望。陪他坐了一回。打發去了。一面分席坐下。左右遞上茶去。因問答應的。祭奠卓面兒。都擺上了。下邊人說。都排停當了。劉内相道。咱每去燒了紙罷。西門慶道。老公公不消多禮。頭裡已是見過禮了。劉内相道。此來爲何。還當親祭祭。當下左右接過香來。兩個内相上了香。遞了三鍾酒。拜下去。西門慶道。老老公請起。于是拜了兩拜起來。西門慶還了禮。復至捲棚内坐下。然後收拾安席。遞酒上坐。兩位内相分左右坐了。吳大舅溫秀才。應伯爵從次。西門慶下邊相陪。子弟鼓板响動。遞上關目揭帖。兩位内相看了一回。揀了一段劉智遠紅袍記。唱了還未幾摺。心下不耐煩。一面吽上唱道情去。唱個道情兒耍耍到好。于是打起漁鼓。兩個並肩朝上高聲唱了一套韓文公雪擁藍關故事下去。只見厨役上來磕頭。兩位内相都有賞賜。西門慶預備酒肉賞賜跟隨人等。不用細說薛内相便與劉内相兩個席上說說話兒。道劉哥。你不知道。昨日這八月初十日。下大雨如注。雷電把内裡凝神殿上鴟尾裘碎了。諕死了許多宮人。朝廷大懼。命各官修省。逐日在上清宮宣精靈疏建醮。禁屠十日。法司停刑。百官不許奏事。昨日大金遣使臣進表。要割内地三鎮。依着蔡京老賊。就要許他。掣童掌事的兵馬。交都御史譚積黃安。十大使節制三邊兵馬。又不肯還交多官計議。昨日立冬。萬歲出來祭太廟。太常寺一員博士。名喚方軫。早辰直着打掃。看見太廟磚縫出血。殿東北上地陷了一角。

寫表奏知萬歲。科道官上本極言。童掌事大了。宦官不可封王。如今馬上差官。拿金牌去取童掌事回京。劉内相道。你我如今出來在外做土官。那朝裡事。也不干咱每。俗語道。咱過了一日是一日。便塌了天。還有四個大漢。到明日大宋江山。管情被這些酸子弄壞了。王十九。咱每只吃酒。因與唱道情的上來。分付你唱個李白好貪杯的故事。那人立在席前。打動漁鼓。又唱了一回。直吃至日暮時分。分付下人看轎起身。西門慶欵留不住。送出大門。喝道而去。回來分付點起燭來。把卓席休動。教廚役上來攢整停當。留下吳大舅。應伯爵。溫秀才。坐的。又使小廝請傅夥計。甘夥計。韓道國。賁地傳。崔本和。陳經濟。復坐叫上子弟來。分付還找着昨日玉環記上來。因向伯爵道。内相家不曉的

南戲滋味。早知他不聽。我今日不留他。伯爵道。哥到辜負的意
思。內臣斜局的營生。他只喜藍關記搗喇小子。胡歌野調。那裡
曉的大關目。悲歡離合。于是下邊打動鼓板。將昨日玉環記做
不完的折數。一一緊做慢唱。都搬演出來。西門慶令小廝。席上
頻斟美酒。伯爵與西門慶。同卓而坐。便問他姐兒三個。還沒家
去。怎的不叫出來遞杯酒兒。西門慶道。你還想那一夢兒。他每
去的不耐煩了。伯爵道。他每在這裡住了。有兩三日。西門慶道。
吳銀兒住的久了。當日眾人坐到三更時分。搬戲已完。方起身
各散。西門慶邀下吳大舅。明日早些來。陪上祭官員。與了戲子
四兩銀子。打發出門。到次日周守備荊都監。張團練夏提刑。合
衛許多官員。都合了分資。辦了一副豬羊。吃卓祭奠。有禮生讀

祝。西門慶預備酒席。李銘等三個小優兒伺候答應。到向午。只聽鼓响。祭禮到了。吳大舅應伯爵溫秀才。在門首迎接。只見後擁前呼。衆官員下馬。在前廳換衣服良久。把祭品擺下。衆官齊到靈前。西門慶與陳經濟伺候還禮。禮生唱禮三獻畢。跪在傍邊讀祝。

維政和七年歲次丁酉。九月庚申朔越二十五日。甲申寅侍生周秀。荊忠。夏延令。張關。文臣。范勳。吳鎧。徐鳳翔。潘磯等。謹以剛鬣柔毛。庶羞之儀致奠于

故錦衣西門孺人李氏之靈曰。維靈秀毓閨闈善淑女紅金玉其德。蘭蕙其姿。相內政而有道。主中饋而無闕。重積學而和睦內眷。尊所天而舉案齊眉。人願耆艾。天睇絕奇。正宜同諧

鸞琴何乃喬後而促其期。噫。修短有數也。天厭善類。珠沉壁碎。雲慘風悲。扣玄扃而莫啟。歎薤露而易晞。秀等忝居僚佐。情重交誼。崇餚於俎。酌酒於卮。庶乎來享。鑒此哀誠。嗚呼尚饗。

祭畢。西門慶下來。謝禮已畢。吳大舅等讓衆官至捲棚內。寬去素服待茶。小優彈唱起來。安席上坐。手下跟隨之人。自有管待齊整。厨役上來三道五割。酒餚比前兩日更豊盛照席還磕了頭。西門慶與吳大舅。應伯爵。温秀才。下席相陪。觥籌交錯。慇懃勸酒。李銘等三個小優兒。銀箏象板。朝上彈唱。外邊自有夥計主管。將跟隨祭來。各項人役盒担錢都照例打發銀子停當。衆官坐到後晌時分。就要起身。西門慶不肯。與吳大舅伯爵等。拿大杯款留。教李銘等彈樂器。唱小曲兒。歡飲直到日暮時分方散。西門慶還要留吳大舅衆人坐。吳大舅道。各人連日打攪。姐夫也辛苦了。各自歇息去罷。當時告辭回家。正是

天上碧桃和露種　日邉紅杏倚雲栽
家中巨富人趨附　手内多時莫論財

畢竟不知後來如何。且聽下回分解。

第六十五回 願同穴一時喪禮盛

守孤靈半夜口脂香

第六十五回

吳道官迎殯頒真容　宋御史結豪請六黃

齊眉相見喜柔和　誰料參商發結歌
殘月雲邊懸破鏡　流光機上擲飛梭
愁隨草色春深謝　苦入連心夜幾何
試問流乾多少淚　楓林秋色一般多

話說到九月二十八日。李瓶兒死了。二七光景。玉皇廟吳道官受齋。請了十六個道衆。在家中揚旛修建。請去救苦。二七齋壇早修之時。有官安郎中來下書。西門慶待來人去了。吳道官廟中擡了三牲祭器。湯飯盤餅饊素食。金銀錠香紙之類。又是一疋尺頭。以爲奠儀。道衆遶棺傳咒。吳道官靈前展拜。西門慶與經濟回禮謝道師父多有破費何以克當吳道官道小道甚是惶愧本當該助一經追薦夫人曾奈力薄粗茶飯奠表意而已望乞大人笑納西門慶祭畢即收了打發擡盒人回去那日三朝轉經演生神章破九幽獄對靈攝召拜進救苦朱表領告諸眞符命整做法事俱不必細說第二日先是門外韓姨夫家來上祭那時孟玉樓兄弟外邊做買賣去了五六年沒來家昨至是來家見他姐姐嫂子西門慶這邊有喪事跟隨韓姨夫那邊來上祭討了一分孝去送了許多人事見西門慶叙禮進入玉樓房中拜見至是堂客約有十數位人西門慶這邊亦設席管待俱不在言表那日午間又是本縣知縣李拱極縣丞錢斯成主簿任良貴典史夏恭基又有陽谷縣知縣狄斯朽共五員官

都關了分。穿孝服來上紙帛弔問。西門慶俻席在捲棚內管待。
請了吳大舅。與溫秀才相陪。三個小優兒彈唱。馬上人俱有攢
盤領下去。自有坐處吃。正飲酒到熱鬧處。當時沒巧不成話。忽
報管磚廠工部黃老爹來弔孝。慌的西門慶連忙穿孝衣。靈前
伺候。溫秀才又早迎接至大門外。讓至前廳。換了衣裳。跟從進
來。家下人手捧。香燭紙疋金段到靈前。用紅漆丹盤捧過香來
跪下。黃主事上了香。展拜畢。西門慶同經濟下來還禮。黃主事
道。學生不知尊閫沒了。弔遲恕罪恕罪。西門慶道。學生一向欠
恭。今又承老先生枉弔。兼辱厚儀。不勝感激。敘畢禮。讓至棚內
上面坐下。西門慶與溫秀才下邊相陪。左右捧茶上來。吃了茶。
黃主事道。昨日宋松原。多致意先生。他也聞知令夫人作過。也

要來弔問。爭柰有許多事情羈絆。他如今在濟州任劄。先生還不知朝廷。如今營建艮嶽。勅旨令太尉朱勔。往江南湖湘採取花石綱。運船陸續打河道中來。頭一運將次到淮上。又欽差殿前六黃太尉來。迎取卿雲萬態奇峰。長二丈。闊數尺。都用黃氈蓋覆。張打黃旗。費數號船隻。由山東河道而來。況河中沒水。起八郡民夫。牽挽。官吏倒懸。民不聊生。宋道長督率州縣。事事皆親身經歷。案牘如山。晝夜勞苦。通不得閒。況黃太尉不久自京而至。宋道長必須率三司官員。要接他一接。想此間無可相熟者。委托學生來敬煩尊府作一東。要請六黃太尉一飯。未審尊意可允否。因喚左右。叫你宋老爹承差上來。有二青衣官吏跪下。氈包內捧出一對金段。一根沉香。兩根白蠟。一分綿紙。此乃宋公致賻之儀。那兩封是兩司八府官員辦酒分資。兩司官十二員。毎員三兩。府官八員。毎員五兩。討二十二分。共一百零六兩。交與西門慶。有勞盛使一偹定何如。西門慶再三辭道。學生有服在家。柰何柰何。因問邂接在於何時。黃主事道。還早哩。也得到出月半頭。黃太監京中還未起身。西門慶道。學生十月十二日纔發引。既是宋公祖老先生分付。敢不領命。又兼謝盛儀賻禮。且領下分資。決不敢收。該多少卓席。只顧分付。學生無不畢具。黃主事道。四泉此意差矣。松原委托學生來煩瀆。此乃山東一省各官公禮。又非松原之己出。何得見却。如其不納。學生即回松原。再不敢煩瀆矣。西門慶聽了此言。說道。學生權且領下。因令玳安王經接下去。問偹多少卓席。黃主事道。六八黃偹一張吃着大卓面。宋公與兩司都是平頭卓席。以下府官散席而已。承應樂人。自有差撥伺候。府上不必再呼。說畢茶湯兩換。作辭起身。西門慶款留。黃主事道。學生還到尚柳塘老先生那裡拜拜他。昔年曾在學生敝處作縣令。然後轉成都府推官。如今他令郎兩泉。又與學生鄉試同年。西門慶道。學生不知老先生與尚兩泉相厚。兩泉亦與學生相交。黃主事起身。西門慶煩老先生多致意宋公祖。至期寒舍拱候矣。黃主事道。臨期松原還差人來通報先生。亦不可太奢。西門慶道。學生知道。送出大門上馬而去。那縣中官員。聽見黃主事帶領巡按上司人來。說的都躲在山子下。小捲棚內飲酒。分付手下把轎馬藏過一邊。當時西門慶回到捲棚。與衆官相見。具說宋巡按率兩司八府。

來央煩出月迎請六黃太尉之事。衆官悉言。正是州縣不勝憂苦。這件事欽差若來。凡一應秖迎廩餼。公宴器用人夫。無不出於州縣。必取之于民。公私困極。莫此爲甚。我輩還望四泉。於上司處美言提拔。足見厚愛之至。言訖。都不久坐。告辭起身上馬而去。話休饒舌。到李瓶兒三七。有門外永福寺道堅長老。領十六衆上堂僧來念經。穿雲錦袈裟。戴毗盧帽。大鈸大鼓。早辰取水。轉五方。請三寶浴佛。午間加持召亡破獄。禮拜梁皇懺。談孔雀。甚是齊整。晚夕喬大戶娘子。與衆夥計娘子。與月娘等。伴宿。在靈前看偶戲。西門慶與應伯爵吳大舅溫秀才。在棚內東首另設圍屏飲酒。十月初八日。是四七。請西門外寶慶寺趙喇嘛。亦十六衆來念番經。結壇跳沙洒花米。行香口誦眞言。齋供都用牛乳茶酪之類。懸挂都是九醜天魔變相。身披纓絡瑠璃。項挂髑髏。口咬嬰兒。坐跨妖魅。腰纏蛇蝎。或四頭八臂。或手執戈戟。朱髮藍面。醜惡莫比。午齋已後。就動葷酒。西門慶那日不在家。同陰陽徐先生。往門外墳上破土開壙去了。後晌方回。晚夕打發喇嘛散了。次日推運山頭酒米卓面肴品。一應所用之物。又委付主管夥計。庄上前後搭棚。四五處酒房厨坊。墳內穴邊又起三間卓棚。先請附近地隣來坐席面。大酒大肉管待。臨散背肩背項。負而歸。俱不必細說。十一日白日。先是歌郎。并鑼鼓地弔來靈前參靈。弔五鬼鬧判。張天師着鬼迷。鍾馗戲小鬼。老子過函關。六賊鬧彌勒。雪裡梅。莊周夢蝴蝶。天王降地。水火風。洞賓飛劍斬黃龍。趙太祖千里送荊娘。各樣百戲弔罷。堂客都在簾內觀看。參罷靈去了。內眷親戚。都來辭靈燒紙。大哭一場。到次日發引。先絕早擡出名旌。各項旛亭紙劄。僧道鼓手。細樂人役。都來伺候。西門慶預先問帥府周守備。討了五十名巡捕軍士。都帶弓馬。全裝結束。留十名在家看守。四十名跟殯在材前擺馬道分兩翼而行。衙門裡又是二十名排軍打路。照管冥器。墳頭又是二十名把門。管收祭祀。那日官員士夫。親隣朋友。來送殯者。車馬喧呼。填街塞巷。本家并親眷堂客。轎子也有百十餘頂。三院鴇子粉頭。小轎也有數十。徐陰陽擇定辰時起棺。西門慶留下孫雪娥并二女僧看家。平安兒同兩名排軍把前門。那女婿陳經濟跪在柩前。摔盆。六十四人上扛。有仵作一員官。立于增架上。敲響板指撥擡材人上肩。先是請了報恩寺朗

僧官來起棺。剛轉過大街口望南走。那兩邊觀看的人山人海
那日正值晴明天氣。果然好殯。但見
和風開綺陌。細雨潤芳塵。東方曉日初升。北陸殘烟乍斂。鼕鼕。嚨嚨。花喪鼓不住聲喧。叮叮噹噹。地吊鑼連宵振作。名旌招颭。大書九尺紅羅。起火軒天。中散半空黃霧。猙猙獰獰。開路鬼斜担金斧。忽忽洋洋。險道神端秉銀戈。逍逍遙遙。八洞仙龜鶴遶定。窈窈窕窕。四毛女虎鹿相隨。地弔鬼晃一片鑼篩。烟火架。迸千枝花炮。熱熱鬧鬧。採蓮船撒科打諢。長長大大。高蹺漢貫甲頂盔。清清秀秀。小道童十六衆。衆衆都是霞衣道髻。擊坤庭之金。奏八琅之璈。動一派之仙音。肥肥胖胖。大和尚二十四個。個個都是雲錦袈裟。排大鈸敲大鼓轉五

方之法事。一十二座大絹亭。亭亭皆綠舞紅飛。二十四座小絹亭。座座盡珠圍翠繞。左勢下天倉與地庫相連。右勢下金山與銀山作隊。掌醢廚列八珍之礶。香燭亭供三獻之儀。六座百花亭。現千團錦綉。一乘引魂轎。扎百結黃絲。這邊把花與雪柳爭輝。那邊寶蓋與銀幢作隊。金字旛銀字旛。緊護棺輿。白絹繖綠絹繖。桐圍增架。斧符雲氣。一邊三把。皆彩畫鮮明。執礶棒巾。兩下侍妾盡梳粧如活。功布招颭孝眷聲哀簇捧定五出頭。六歌郎。仰覆運須彌座六十四名。青衣白帽。穩穩檯定五老雲。鶴鑾蓋頂。四番頭流蘇帶。大紅銷金寶象花棺舁。裡面安着巍巍不動錦綉棺輿。只見那兩邊打路排軍個個都頭戴孝巾。身穿青衲襖。腰繫孝帶。脚靸腿綳鞋。手執欖杆。前呼後擁。兩邊走解的。頭戴芝麻羅萬字頭巾。撲匾金環飛於腦後。穿的是兩三領紵絲衲襖。腰繫紫纏帶。足穿鷹爪四縫乾黃靴。襯着五彩翻身搶水獸納紗襪。口賣解猶如鷹鷂。走馬好似猿猴。執着一桿明鎗。頭秣紅桿令字藍旗。豎肩樁打斤斗。隔肚穿錢。金鷄獨立。仙人打過橋。鐙裡藏身。人人喝采。個個爭誇。扶肩擠背。紛紛不辨賢愚。挨覩並觀。擁攘那分貴賤。張三蠢胖。只把氣吁。李四矮矬。頻將脚蹕。白頭老叟。盡將拐棒拄髭鬚。綠鬢佳人。也帶兒童來看殯。正是

鑼鼓鼕鼕鬧路塵　花攢錦簇萬人瞻
哀聲隱隱棺輿過　此殯誠然壓帝京

吳月娘坐大轎在頭裡。後面李嬌兒等。本家轎子十余頂。一字

兒緊跟材後走。西門慶總冠孝衣。同衆親朋在材後裡。陳經濟
紮扶棺輿走。出東街口。西門慶具禮。請玉皇廟吳道官來懸真。
身穿大紅五彩雲霞二十四鶴鶴氅。頭戴九陽玉環雷巾。脚登
丹鳳手執牙笏。坐在四人肩輿上。迎殯而來。將李瓶兒大影捧
于手內。陳經濟跪在面前。那殯停住了。衆人聽他在上高聲宣
念。

兎走烏飛西復東　百年光景侶風燈
時人不悟無生理　到此方知色是空

恭惟

故錦衣西門恭人李氏之靈。存日陽年二十七歲。元命辛未相
正月十五日午時受生。大限於政和七年。九月十七日。丑時

分身故。伏以尊靈名家秀質。綺閣嬌姝。稟花月之儀容。蘊蕙蘭之佳氣。爵德柔婉賦性溫和。配我西君。克諧伉儷。處閨門而賢淑。資琴瑟以好和。曾種藍田。尋嗟楚暁。正宜享福百年。可惜春光三九。嗚呼。明月易缺好物難全。善類無常。修短有數。今則棺輿載道。丹旆迎風。良夫躃踊於柩前。孝眷哀矜於巷陌。離別情深而難已。音容日遠以日忘。某等謬忝冠簪。愧領玄教。愧無新坦平之神術。恪遵玄元始之遺風。徒展崔微鏡裡之容。難返莊周夢中之蝶。歡甘露而沃瓊漿。超仙識登於紫府。披百實而面七眞。引淨魄出於冥途。一心無挂。四大皆空。空苦苦。氣化清風形歸土。一靈眞性去沸迴。改頭換面無遍數。衆听末後一句嘆。精爽不知歸何處。眞容留與後人傳。
吳道官念畢。端坐轎上。那轎捲坐退下去了。這裡鼓樂喧天。哀
聲動地。殯纔起身。迤邐出南門。衆親朋陪西門慶走。至門上方
乘馬。陳經濟扶柩到于山頭五里原。原來坐營張團練。帶領二
百名軍。同劉薛二内相。又早在墳前高阜處。搭帳房。吹响器。打
銅鑼銅鼓。迎接殯到。看着裝燒冥器紙劄。烟焰漲天。墳内有十
數家收頭祭祀。皆兩院妓女。擺列。堂客内眷。自有幃幕。棺輿到
落下扛。徐先生率領仵作。依羅經吊向。巳時祭告后土。方隅後
纔下葬掩土。西門慶易服。備一對尺頭禮。請帥府周守備點主。
衛中官員。至衆親朋夥計。皆爭拉西門慶祭畢遞酒。鼓樂喧天。
烟火匝地。收祭祀者。自有所管人役。毋無淆亂。那日待人齋堂。

也有四五處堂客。在後捲棚內坐。各有派定人數。熱鬧豐盛。不
必細說。吃畢。各有邀占庄院。設席請西門慶收頭飲酒。賞賜亦
費許多。後晌回靈。吳月娘坐魂轎。抱神主魂旛。陳經濟扶靈牀。
都是玄色宁絲靈衣。玉色銷金走水。四角垂流蘇帀。挂大影亭。
大絹亭。小絹亭。香燭亭。鼓手細樂十六衆。小道童兩邊吹打。吳
大舅并喬大户。吳二舅。花大舅。沈姨夫。孟二舅。應伯爵。謝希大。
温秀才。衆主管夥計。都陪着西門慶進城。堂客轎子壓後。到家
門首。燎火而入。李瓶兒房中安靈已畢。徐先生前廳祭神洒埽。
各門户皆貼辟非黄符。管待徐先生。俻一疋尺頭。五兩銀子。相
謝。出門。各項人役。打發散了。拿出二十五吊錢來。五吊賞巡捕
軍人。五吊與衛中排軍。十吊賞營裡人馬。拿帖兒回謝周守俻。

張團練。夏提刑。俱不在話下。西門慶還令左右放卓留喬大戶。吳大舅。衆人坐。衆人都不肯。作辭起身。來保回說搭棚在外伺候明日來拆棚。西門慶道棚且不消拆。亦發過了你宋老爹擺酒日子來拆罷。打發搭綵匠去了。後邊花大娘子。與喬大戶娘子。衆堂客還等着安畢靈。哭了一塲。方纔去了。西門慶不忍遽捨。晚夕還來李瓶兒房中要伴靈宿歇。見靈牀安在正面。大影挂在傍邊。靈牀內安着半身。裡面小錦被褥。牀几衣服粧奩之類。無不畢具。下邊放着他的一對小小金蓮。卓上香花燈燭。金碟樽俎。般般供養。西門慶大哭不止。令迎春就在對面炕上搭鋪。到夜半對着孤燈。半窗斜月。翻復無寐。長吁短嘆。思想佳人。有詩爲証。

短嘆長吁對彼窓　舞鸞孤影寸心傷
蘭枯楚畹三秋雨　楓落吳江一夜霜
夙世已逢連理願　此生難滅返魂香
九泉果有精靈在　地下人間兩斷腸

白日間供養茶飯。西門慶在房中親看着丫鬟擺下。他便對面卓兒和他同吃。舉起筯兒來。你請些飯兒。行如在之禮。丫鬟養娘。都恐不住掩淚而哭。奶子如意兒無人處常在根前遞茶遞水。挨挨搶搶。掐掐捏捏。揷話兒應答。那消三夜兩夜。西門慶因陪人吃得醉了。進來。迎春打發歇下。到夜間要茶吃。叫迎春不應。如意兒起來遞茶。因見被拖下炕來。接過茶盞。用手扶起被。西門慶一時興動。摟過脖子就親了個嘴。遞舌頭在他口內。老

婆就咂起來。一聲兒不言語。西門慶令脫去衣服上炕。兩個摟
摟。在被窩內不勝歡娛。雲雨一處。老婆說既是爹擡舉。娘也沒
了。小媳婦情愿不出爹家門。隨爹收用便了。西門慶便吽我兒
你只用心伏侍我。愁養活不過你來。當下這老婆枕席之間無
不奉承。顛鸞倒鳳。隨手而轉。把西門慶歡喜要不的。次日老婆
早辰起來。與西門慶拿鞋腳。疊被褥。就不靠迎春。極盡殷懃無
所不至。西門慶開門。尋出李瓶兒四根簪兒來。賞他老婆磕頭
謝了。迎春亦知收用了他。兩個打成一路。老婆自恃得寵。腳跟
已牢。無復求告於人。自從西門慶請了許多官客堂客并院中
李桂姐。吳銀兒。鄭月兒。三個唱的。李銘吳惠鄭奉鄭春四名小
優兒。墳上暖墓回家。這如意兒就不同往日。打扮。喬眉喬樣在

丫鬟夥兒內說也有笑也有早被潘金蓮看到眼裡早辰西門
慶正陪應伯爵坐的忽報宋御史老爹差人來送客賀黃太尉
一卓金銀酒器兩把金壺兩副金臺盞十副小銀鍾兩副銀折
盂四副銀賞鍾兩疋大紅彩蟒兩疋金段十罈酒兩牽羊傳報
太尉船隻已到東昌地方煩老爹這裡早先預備酒席准在十
八日迎請西門慶收入明白與了來人一兩銀子打東打發回
去隨即兌銀與賁四來興兒定卓面粘菓品買辦整理不必細
說因向應伯爵說自從他不好起到而今我再沒一日兒心閒
剛剛打發喪事兒出去了又鑽出這等勾當來教我手忙腳亂
伯爵道這個哥不消抱怨你又不曾掉攬他他上門兒來央煩
你雖然你這席酒替他賠幾兩銀子到明日休說朝廷一位欽

差。殿前大太尉來咱家坐一坐。白造山東一省官員并巡撫巡
按人馬散級。也與咱門戶添許多光輝。壓好些仗氣。西門慶道。
不是此說。我承望他到二十巳外也罷。不想十八日就巡按來。
促急促忙。這十六日又是他五七。我前日巳與了吳道官寫法
銀子去了。如何又改。不然雙頭火杖都擠在一處。怎亂得過來。
應伯爵道。這個不打緊。我筭來嫂子是九月十七日沒了。此月
二十一日。正是五七。你十八日擺了酒。二十日與嫂子念經也
不遲。西門慶道。你說的是了。我如今就使小廝回吳道官。改日
子去。伯爵道。哥我又一件。如今趁着來京黃眞人在廟裡住。朝
廷差他來泰安州進金鈴弔挂御香。建七晝夜羅天大醮。趁他
未起身。倒好教吳道官請他那日來做高功。領行法事。咱圖他

這個名聲也好看。西門慶道。自說這黃眞人有利益。少不的那
日全堂添二十四衆道士做一晝夜齋事。爭奈吳道官齋日受
他祭禮出殯。又起動他懸眞道童送殯。沒的酧謝他。教他念這
個經兒表意而巳。今又請黃眞人主行。都不難爲他。伯爵道。齋
一般還是他受。只教他請黃眞人做高功就是了。哥只是多費
幾兩銀子。爲嫂子。沒曾爲了別人。西門慶一面教陳經濟寫帖
子。又多封了五兩銀子。寫法教他早請黃眞人。改在二十日念
經。二十四衆道士。水火煉度一晝夜。卽令玳安騎頭口回去了。
西門慶打發伯爵去訖。進入後邊。只見吳月娘說。賁四嫂買了
兩個盒兒。他女兒長姐。定與人家來磕頭。西門慶便問誰家。賁
四娘子。穿着藍紬襖兒。白絹裙子。青段披襖。他女兒穿着大紅

叚襖兒。黃紬裙子。戴着花翠。插燭向西門慶磕了四個頭。月娘在傍說。咱也不知道。原來這孩子。與了夏大人房裡擡舉。昨日纔相定下。這二十四日就要過門。只得了他三十兩銀子。論起來這孩子。倒也好身量。不相十五歲。倒有十六七歲的。多少時不見。就長的成成的。西門慶道。他前日在酒席上和我說。要擡舉兩個孩子學彈唱。不知你家孩子與了他。于是教月娘讓在房內。擺茶留坐。落後李嬌兒。孟玉樓。潘金蓮。孫雪娥。大姐。却來見禮陪坐。臨走。西門慶月娘。與了一套重絹衣服。一兩銀子。李嬌兒衆人。都有與花翠汗巾。脂粉之類。晚上玳安回話。吳道官收了銀子。知道了。黃眞人還在廟裡住過二十頭。纔回東京去。十九日早來。鋪設壇場。西門慶次日家中廚役落作治辦酒席。

務要齊整。大門上扎七級彩山。廳前五級彩山。十七日宋御史差委兩員縣官來。觀看筵席廳正面屏開孔雀。地匝氍毹。都是錦繡卓幃。妝花椅甸。黄太尉便是肘件大飯簇盤定勝方糖。五老錦豐堆高頂。吃看大揷卓。觀席兩張小揷卓。是巡撫巡按陪坐。兩邊布按三司。有卓席列坐。其餘八府官。都在廳外棚內。兩邊只是五菓五菜。平頭卓席。看畢。西門慶待茶。起身回話去了。

到次日撫按率領多官人馬。早迎到船上。張打黃旗。欽差二字。捧着勅書在頭裡走。地方統制守禦都監團練各衛掌印武官皆戎服甲胄。各領所部人馬。圍隨藍旗纓鎗。叉槊儀杖擺數里之遠。黃太尉穿大紅五彩雙挂繡蟒。坐八擡八簇銀頂暖轎。張打茶褐傘。後邊名下執事人役。跟隨無數。皆駿騎咆哮。如萬花

之燦錦。隨路鼓吹而行。黃土墊道。雞犬不聞。樵採遁迹。人馬過
東平府。進清河縣。縣官里壓壓跪於道傍迎接。左右喝叱起去。
隨路傳報。直到西門慶家中大門首。教坊鼓樂聲震雲霄。兩邊
執事人役。皆青衣排伏。雁翅而列。西門慶青衣冠冕望塵拱伺
良久。人馬過盡。太尉落下轎進來。後面撫按率領大小官員一
擁而入。到於廳上。廳上又是箏篆方響。雲璈龍笛鳳管細樂响
動。爲首就是山東巡撫都御史侯濛。巡按監察御史宋喬年。參
見太尉。太尉還依禮答之。其次就是山東左布政龔共。左參政何其
高。右布政陳四箴。右參政季侃。左參議馮廷鵠。右參議汪伯彥。
廉訪使趙訥。採訪使韓文光。提學副使陳正彙。兵備副使雷啓
元等。兩司官參見。太尉稍加優禮。及至東昌府徐崧。東平府胡

師文。兗州府凌雲翼。徐州府韓邦奇。濟南府張叔夜。青州府王士奇。登州府黃甲。萊州府葉遷等。八府官行廳參之禮。太尉答以長揖而已。至於統制。制置。守禦。都監。團練等官。太尉則端坐。各官聽其發放。各人外邊伺候。然後西門慶與夏提刑上來拜見獻茶。侯巡撫。宋巡按。向前把盞。下邊動鼓樂。來與太尉簪金花。捧玉斝。彼此酬飲。遞酒已畢。太尉正席坐下。撫按下邊主席。其餘官員并西門慶等。各依次第坐了。教坊伶官。遞上手本奏樂。一應呈應。彈唱。隊舞。四數。各有節次。極盡聲容之盛。當筵搬演的。裴晉公還帶記。一摺下去。廚役割獻燒鹿花豬。百寶攢湯。大飯燒賣。又有四員伶官。箏。纂。琵琶。箜篌。上來清彈小唱。唱了一套南呂一枝花。

官居八輔臣。祿享千鍾近。功存遺百世。名播萬年春。拯溺亨途。惟治國安邦。論調和鼎鼐持義節。率忠貞。都則待報王施恩。秉賢烈。秉正直。也則是清懲化民。

唱畢。湯未兩陳。樂已三奏。下邊跟從執事官身人等。宋御史委差兩員州官。在西門慶捲棚內。自有卓席管待。守禦都監等官。西門慶都安在前邊客位。自有坐處。黄太尉令左右。拿十兩銀子來賞賜。各項人役。隨即看轎就要起身。衆官上來再三款留不住。都送出大門。鼓樂笙簧。送奏兩街。儀衛喧闐。清蹕傳道。人馬森列。多官俱上馬遠送。太尉悉令免之。舉手上轎而去。宋御史候巡撫。分付都監以下軍衛有司直護送至皇船上來回話。卓面器皿。答賀羊酒。具手本差東平府知府胡師文與守禦周秀。親送到船所交割明白。回至廳上拜謝西門慶說今日不當負累取擾華府。深感深感。分資有所不足。容當奉補。西門慶慌躬身施禮道。學生屢承教愛。累辱盛儀。日昨又蒙賻禮。些小微物。何足挂齒。蝸居卑陋。猶恐有不到處。萬望公祖諒宥幸甚。宋御史謝畢。即令左右看轎。與侯巡撫一同起身。兩司八府官員。皆拜辭而去。各項人役。一鬨而散。西門慶回至廳上將伶官樂人賞以酒食。俱令散了。止留下四名官身小優兒伺候。廳內外各官桌面。自有本官手下人領不題。西門慶見天色尚早。收拾家火停當。攢下四張桌席。佳餚堆滿。使人請吳大舅。應伯爵。謝希大。溫秀才。傅自新。甘出身。韓道國。賁四。崔本。及女婿陳經濟從五更起來。各項照管辛苦。坐飲三杯。不一時衆人來到。吳大舅與溫秀才應伯爵謝希大居上坐西門慶關席衆夥計兩邊列坐左右擺上酒來飲酒伯爵道哥今日落忙黃太尉坐了多大一回喜歡不喜歡韓道國道今日六黃老公公見咱家酒席齊整無箇不喜歡的巡撫巡按兩位甚是知感不盡謝了又謝伯爵道若是第二家擺這席酒也成不的也沒咱家恁大地方也沒府上這些人手今日少說也有上千人進來都要管待出去哥就賠了幾兩銀子咱山東一省也响出名去了溫秀才道學生宗主提學陳老先生也在這裡預席西門慶問其故溫秀才道名陳正彙者乃諫垣陳了翁先生乃即本貫河南鄄城縣人十八歲科舉中壬辰進士今任本處提學副使極有學問西門慶道他今年纔二十四歲正說着湯飯上來衆人吃畢西門

慶叫上四個小優兒問道你四人叫甚名字答道小的叫周采梁鐸馬眞韓畢伯爵道你不是韓金釧兒一面韓畢跪下說金釧兒玉釧兒都是小的妹子西門慶問你們吃了酒飯不曾周采道小的劉纔都吃個酒飯了西門慶因一回想起李瓶兒來今日擺酒就不見他分付小優兒你每拿樂器過來會唱洛陽花梁園月不會唱一個我聽韓畢跪下小的與周采記的一面搊箏撥阮板排紅牙唱道普天樂

洛陽花梁園月好花須買皓月須賒花倚欄杆看爛熳開月曾把酒問團圓夜月有盈虧花有開謝想人生最苦離別花謝了三春近也月缺了中秋到也人去了何日來也

唱畢應伯爵見西門慶眼裡酸酸的便道哥別人不知你心自

我畧知一二。哥教唱此詞。關係心間之事。莫非想起過世嫂子來。就如同連理枝。比目魚。今分為兩下。心中甚不想念。西門慶看見後邊上來菓碟兒。吽應二哥。你只嗔我說。有他在。就是他經手整定。從他沒了。隨着丫鬟掇弄。你看都相甚模樣。好應口菜也沒一根我吃。溫秀才道。這等盛設。老先生中饋也不謂無人。足可以勾了。伯爵道。哥休說此話。你心間疼不過。便是這等說。恐一時冷淡了別的嫂子們心。這裡酒席上說話。不想潘金蓮在軟壁後聽唱。聽見西門慶說此話。走到後邊。一五一十。告訴月娘。月娘道。隨他說去。就是了。你如今却怎樣的。前日是不是他在時。即許下把綉春教伏侍。他倒睁着眼和我吽死了許多時兒。就分散他房裡丫頭。教我就一聲兒再沒言語這兩日你着他那媳婦子。和兩個了頭。狂的有些些樣兒。我但開口。就說咱每擠撮他。金蓮道。娘我也見這老婆。這兩日有些些別改模樣。的。怕這賊沒廉恥貨。鎮日在那屋裡纏了這老婆也不[illegible]的。我聽見說。前日與了他兩對簪子。老婆戴在頭上。拿與這個瞧。拿與那個瞧。月娘道。豈芽菜兒。有甚綑兒。衆人背地裡都不做喜歡。正是遺踪堪入時人眼。不買胭脂畫牡丹。有詩為証

襄王臺下水悠悠　一種相思兩地愁

月色不知人事改　夜深還照粉墻頭

畢竟不知後來如何。且聽下回分解

第六十六回 翟管家寄書致賻

黄眞人發爐薦二下

第六十六回

翟管家寄書致賻　黃眞人煉度薦亡、

八面明窓次第開　佇看環珮下瑤臺、
閨門春色連新柳、山嶺寒梅帶早崖、
影動梅梢明月上　風敲竹徑故人來、
佳人留下鴛鴦錦、都付東君仔細裁、

話說西門慶。那日陪吳大舅。應伯爵等。飲酒中間因問韓道國。客夥中標船幾時起身。咱好收拾打包韓道國道。昨日有人來會。也只在二十四日開船。西門慶道。過了二十念經打包便了。伯爵問這遭起身那兩位去。西門慶道。三個人都去。明年先打發崔大哥押一船杭州貨來。他與來保還往松江下五處置買些〻布貨來發賣。家中段貨紬綿。都還有哩。伯爵道。哥〻主張極妙。常言道要的般般有。纔是買賣。說畢已至起更時分。吳大舅起身。說姐夫你連日辛苦。俺每酒已勾了。告回。你可歇息歇息。西門慶不肯。還要留住。令小優兒奉酒唱曲。每人吃三鍾。纔放出門。西門慶賞了小優四人六錢銀子。再三不敢接。說宋爺出票。叫小的每來官身。如何敢受老爺重賞。西門慶道。雖然官差。此是我賞你。怕怎的。四人方磕頭領去。不在話下。西門慶便歸後邊歇去了。次日早起往衙門中去。早有玉皇廟吳道官。差了一個徒弟。兩名鋪排。來在大廳上鋪設壇場。上安三清四御。中安太乙救苦天尊。兩邊東嶽酆都。下列十王九幽。冥曹幽壤。監壇神虎二大元帥。桓劉吳魯四大天君。太陰神后。七真玉女。倒真懸司提魂攝魄。一十七員神將。內外壇場。鋪設的齊齊整整。香花燈燭。擺列的燦燦輝輝。爐中都焚百合名香。周圍高懸吊挂。經筵羅列。幕走銷金。法鼓高張。架彩雲鶴旋繞。西門慶來家。看見心中大喜。打發徒弟鋪排齋食吃了。回廟中去了。隨即令溫秀才寫帖兒。請喬大户吳大舅。吳二舅花大舅。沈姨夫孟二舅應伯爵謝希大。常時節吳舜臣。許多親眷并堂客。明日念經。家中厨役。落作治辦齋供。不題。次日五更。道衆皆挨門進城。到於西門慶家。叫開門進入經壇內。明起燈燭。沐手焚香。打動响樂。諷誦諸經。敷演生神玉章。鋪排大門首。挂起長旛。懸吊榜文。兩邊黃紙門對。一聯大書。東極垂慈。仙識乘晨而超登紫府。南丹赦罪。淨魄受煉而遙上朱陵。榜上寫着。

大宋國山東東平府清河縣某坊居住奉
道追修孝夫信官西門慶合家孝眷人等即日皈誠上干慈
造意者伏為室人李氏之靈存日陽年二十七歲先命辛未
相正月十五日午時受生大限於政和七年九月十七日丑
時分身故伏以伉儷情深嘆鳳鸞之先別閨門月冷嗟琴瑟
以斷鳴徒追悼以何堪憶音容而緬想光陰易逝五七俄臨
欲援幽魂敬陳丹悃謹以今月二十日伏延官道爰就孝居
建盟眞煉度齋壇肅領玉簡演九轉生神寶範奏啟瑯函逕
獅馭以垂光金燈破暗降龍章而滅罪鐵柱停酸爰至深宵
度絲橋而鳴玉珮頻飡流瀣登碧落而謁金眞伏願玉陛垂
慈青宮降鑒廣覃惻隱之仁大賜提撕之力亡魂早超逍遙

之境滯爽咸登極樂之天。存殁眷屬。均沐休祥。愿親人等。同
登道岸。凡預薦修。悉希元化。故榜
政和年月日榜。
上清大洞經籙。九天金闕大夫。神霄玉府。上筆判。雷霆諸司
府院事。清微弘道。體玄養素。崇教高士。領太乙宮提點皇壇
知磬。兼管天下道教事。高功黄元白奉行。
大廳經壇懸挂齋題二十字。大書。青玄救苦頒符告簡。五七轉
經。水火煉度薦揚齋壇。卽日黄眞人穿大紅。坐牙轎。繫金帶。左
右圍隨。儀從喧喝。大日高方到。吳道官率衆接至壇所。行畢禮。
然後西門慶着素衣経巾拜見。遞茶畢。洞案傍邊安設經筵法
席。大紅銷金卓幃。粧花椅褥。二一道童侍立左右。其其人儀偉容
貌。戴王冠。韜以烏紗。穿大紅斗牛衣服。輭烏履。登文書之時。西

門慶備金段一疋。金字登壇之時。換了九陽雷巾。大紅金雲白鶴法氅。與袖飛鬣。脚下白綾軟襪。朱紅登雲朝舄。朝外建天地亭。張兩把金傘蓋。金童揚煙。玉女散花。執幢捧節。監壇神將。三界符使。四直功曹。城隍社令。土地祇迎。無不畢陳。高功香案上列五式天皇號令。召雷皂纛天蓬。玉尺七星寶劍。淨水法盂。先是表白宣畢。齊意齋官。沐手上香。詞儀。二人飄手爐。向外三信禮召請。然後高功繫令。焚香。蕩穢淨壇。飛符召將。關發一應文書符命。啟奏三天。告盟十地。三獻禮畢。打動音樂。化財行香。西門慶與陳經濟。執手炉跟隨。排軍喝路。前後四把銷金傘。三對纓絡挑搭。孝眷列於大門首。孤魂棚建於街上。場飯淨供委付四名排軍看守。行香回來。安請監齋壇已畢。在捲棚擺齋。那日

各親友街隣夥計。逓茶者絡繹不絶。西門慶悉令玳安王經收
記打發回盒人銀錢。早辰開啓。請三寶證盟。頒告符簡。破獄召
亡。又動音樂。往李瓶兒靈前攝召引魂。朝參玉陛。傍設几筵。聞
經悟道高功捻高座。演九天生神經。焚燒太乙東嶽酆都十王
冠帔雲馭。午朝高功冠裳步罡踏斗。拜進朱表。逕達東極青宮。
遣差神將。飛下羅酆。原來黄眞人年約三旬。儀表非常。粧束起
來。午朝拜表。儼然就是個活神仙。端的生成模様。但見

星冠攢玉葉。鶴氅縷金霞。神清似長江皓月。貌古如太華喬
松。踏罡朱履步丹霄步虛琅凾浮瑞氣長髯廣頰修行到無
漏之天皓齒明眸。佩籙掌五雷之令。三島十洲。存性到洞天
福地。出神游高飡沆瀣靜裡朝元。三更步月鸞聲遠。萬里乘

雲鶴背高。就是都仙太史臨凡世。廣惠眞人降下方。
拜了表文。吳道官當壇頒生天寶籙。神虎玉劄。行畢午香。回來
捲棚內擺齋。黃眞人前大卓面定勝。吳道官等稍加差小。其餘
散衆俱平頭卓席。黃眞人。吳道官皆襯段尺頭。四位披花。四疋
緞紬。散衆各布一疋。卓面俱令人擡送廟中。散衆各有手下徒
弟收入箱中。不必細說。吃畢午齋。謝了西門慶。都往花園各亭
臺洞內遊玩散食去了。一面收下家火。從新擺上下卓齋饌上
來。請吳大舅等。衆親朋夥計來吃。正吃之間。忽報東京翟爺。那
裡差人來下書。西門慶即出到廳上。請來人進入。只見是府前
承差幹辦。青衣窄褶。萬字頭巾。乾黃靴。全付弓箭。向前施禮。西
門慶答還下禮。那人向身邊取出書來。遞上書。內封折贈儀銀

十兩。問來人上姓。那人道小人姓王名玉。蒙翟爺差遣送此書來。不知老爹這邊有喪事。要老爹書到京纔知道西門慶問道。你安老爹書幾時到來。那人說安老爹書十月纔到京。因催皇木一年已滿陞都水司郎中。如今又奉勅條理河道直到工完回京。西門慶問了一遍。郎令來保廂房中管待齋飯。分付明日來討回書。那人問韓老爹在那里住。宅內稍信在此。小的見了還要赶往東平府下書去。西門慶即喚出韓道國來見那人陪吃齋食畢。同往家中去了。西門慶拆看書中之意。於是乘着喜歡。將書拿到捲棚內。教温秀才看。說你照此修一封回書答他就稍寄十方緺紗汗巾。十方綾汗巾。十副揀金挑牙。十個烏金酒杯。作回奉之禮。他明日就來取回書。温秀才接過書來觀看。

其書曰。

寓京都眷生翟謙頓首書奉

即擢大錦堂。西門四泉親家大人門下。自京邸執手話別之後。未得從容相敘。心甚歉然。其領教之意。生已與家。老爺前悉陳之矣。迩者因安鳳山書到方知令親家有鼓盆之嘆。但不能一弔為悵。奈何奈何。伏望以禮節哀可也。外具賻儀。少表微忱。希笑納。又久仰貴任榮修德政。舉民有五袴之歌。境有三留之譽。今歲考績必有甄陞。昨日神運都功。兩次工上生已對　老爺說了。安上親家名字。工完題奏。必有恩典。親家必有掌刑之喜。夏大人年終類本。必轉京堂指揮列銜矣。謹此預報。伏惟高照。不宣。附云。此書可自省覽。不可使聞之於渠。謹密謹密。又云楊老爺前月二十九日。卒於獄。

下書冬上澣具

却說溫秀才看畢。纔待袖單被應伯爵取過來觀看了一遍。還付與溫秀才收了。說道老先生把回書千萬如意做好些。翟公府中人才極多。休要教他笑話。溫秀才道貂不足狗尾續學生匪才。焉能在班門中弄大斧。不過乎塞責而已。西門慶道老先生他自有個主意。你這狗才曉的甚麼。須臾吃罷午齋。西門慶分付來興兒打發齋饌。送各親眷街隣家不題。玳安回院中李桂姐吳銀兒鄭愛月兒韓釧兒洪四兒齊香兒六家香儀人情禮去。每家還答一疋大布一兩銀子。後晌就叫李銘吳惠鄭奉。三個小優兒來伺候。良久道衆陞壇發擂。上朝拜懺觀燈解壇送聖天色漸晚。及比設了醮。就有起更天氣門外花大舅。被西慶留下。已不去了。喬大戶。沈姨夫。孟二舅。告辭兒回家。止有吳大舅。二舅。應伯爵謝希大温秀才。常時節。并衆夥計在此晚夕觀看水火煉度。就在大廳棚內搭高座。扎綵橋安設水池火沼放擺斛食。李瓶兒靈位。另有几筵幃幕。供獻齊整。傍邊一首魂旛。一首紅旛。一首黃旛。上書制魔保舉受煉南宮。先是道衆音樂兩邊列坐。持節捧盂劍。四個道童侍立法座兩邊。黃眞人頭戴黃金降魔冠。身披絳綃雲霞衣。登高座。口中念念有詞。音樂止。二人執手炉宣偈云。

太乙慈尊降駕臨　夜壑幽關次第開

童子雙雙前引導　死魂受煉步雲階

黃眞人薰沐焚香。念曰。伏以玄皇闡教廣開度於冥途。正一垂
科。俾煉形而昇舉。恩沾幽爽。澤被飢噓。謹運眞香。志誠上請。東
極宮中大慈仁者。尋聲赴感太乙救苦天尊。青玄九陽上帝。十
方救苦諸大眞人。天仙地仙。三界官屬。五岳十五水府羅酆聖
衆。伏此眞香。來臨法會。伏望獅座浮空。龍旂耀日。空青枝酒頻
除熱惱。甘露食味。廣濟孤噓。今則暫供几告頒符命。九幽滅罪。
罷對停毆。切以人處塵凡。日縈俗務。不知有死。惟欲貪生。鮮能
種於善根。多隨入於惡趣。昏迷弗省。恣慾貪嗔。將謂自巳長存。
豈信無常易到。一朝傾逝。萬事皆空。業障纏身。冥司受苦。今奉
道伏爲亡過室人李氏靈魂。一棄塵緣。久淪長夜。若非薦援於
愆辜。必致難逃於苦報。恭惟天尊號隆億劫。氣應九陽。東好生

之仁政尋聲之苦。洒甘露而普滋群類，放瑞光而遍燭昏衢。命三官寬考較之條，詔十殿罷推研之筆。開四釋禁。宥過解究。各隨符使盡。出幽關。咸令登火池之沼。悉蕩滌黃華之形。凡得更生俱歸道岸。高功念五厨經。變食神呪。散法食聞天。浮九炁。九炁出乎太空之先。地凝九幽。九幽欝於重陰之壘。九炁列正萬物。並受生成。所以爲天地之根。各受生於胞胎。賴三光而育養。人之有死壞者。皆所以不能受其形。保其神。貴其炁。固其根。離其本眞耳。若得還生須得濯形於太陰。煉質於太陽。復受九炁凝合。三元結成胞。乃可成形。匪伏太上之金科。玄元之秘旨。豈可開度幽魂。全形復体。駕景朝元。制魔保舉。靈寶煉形眞符。謹當宣奏。

太微廻黃旗　無英命靈旛

攝召長夜府　開度受生魂

道衆先將魂旛。安於水池內焚。結靈符。換紅旛。次授火沼內焚。欝儀符換黃旛。高功念天一生水地二生火。水火交煉乃成眞形煉度畢。請神主冠帔。步金橋。朝參玉陛。皈依三寶。朝玉清。衆舉五供養。

道中尊玉清。主溟涬無光。包梵炁萬象。森羅一黍珠。死魂受煉。受煉超仙界。

朝上清五供養

經中尊上清。主赤明開圖。推運極元緇。流演洞渺溟。死魂受煉。受煉超仙界。

朝太淸五供養

師中尊太淸。主道包天地。玄元始歷刼。度出迷魂。死魂受煉。

超仙界。

高功曰。既受三皈。當宣九戒。

第一戒者。敬讓孝養父母。　第二戒者。克勤忠於君王。

第三戒者。不殺慈救衆生。　第四戒者。不淫正身處物。

第五戒者。不盜推義損已。　第六戒者。不嗔兇怒凌人。

第七戒者。不詐諂賊害善。　第八戒者。不驕傲忽至眞。

第九戒者。不二奉戒專一。　汝當諦聽。戒之戒之。

九戒畢

道衆舉音樂。宣念符命。并十類孤魂。挂金索。

大慈仁者。救苦青玄帝。獅座浮空。妙化成神力。清淨斛食。示現焦面鬼。注界孤魂。來受甘露味。

北戰南征。貫甲披袍士。捨死忘生。報效於國家。砲响一聲身
臥沙場裡。陣忘孤魂來受甘露味。
好兒好女。與人為奴俾。暮打朝喝。衣不遮身體。逐赶出門纏
臥長街內。餓死孤魂來受甘露味。
坐賈行商。僧道雲遊士。動歲經年。在外尋衣食。病疾臨身。旅
店無依倚。客死孤魂來受甘露味。
鬪惡爭強。枷鎖囹圄閉。斬絞凌遲。身喪長街裡。律有明條。犯
了王法罪。刑死孤魂來受甘露味。
宿世冤仇。今世來相會。暗計陰謀。毒藥攛腸胃。九竅生烟。喪
了身和體。藥死孤魂來受甘露味。
乳哺三年。父母恩難極。十月懷胎。坐草臨盆際。性命懸絲。子

毋歸陰世。產死孤魂來受甘露味。
急難顛危。受恐難廻避。私債官錢。逐日來催逼。自刎懸梁。斷
丁三十氣。屈死孤魂來受甘露味。
久病淹纏。氣蠱癱癆類。疥癬痎瘡。遍體膿腥氣。赦水無親。醫
藥無調治。病死孤魂來受甘露味。
巨浪風濤。洪水滔天至。纜斷舟沉。身喪長江裡。回首家鄉。無
人稍書寄。溺死孤魂來受甘露味。
回祿風烟。一時難廻避。猛火無情。燒燬身和體。爛額焦頭。死
作烟薰鬼。焚死孤魂來受甘露味。
附木精邪。無主魍魎輩。鱗介飛潛。莫不回生意。太上慈悲。廣
垂方便澤。十類孤魂來受甘露味。

煉度已畢。黃真人下高座。道衆音樂。送至門外。化財焚燒箱庫回來齋功圓滿。道衆都換了冠服。鋪排收捲道像。西門慶又早大廳上。畫燭齊明。酒筵羅列。三個小優彈唱。衆親友都在堂前。西門慶先與黃真人把盞。左右捧着一疋天青雲鶴金段。一疋色段。十兩白銀。叩首回拜道。亡室今日已賴我師。經功救拔。得遂超生。均感不淺。微禮聊表寸心。黃真人道。小道謬忝冠裳。濫膺玄教。有何德以達人天。皆賴大人一誠感格。而尊夫人已駕景朝元矣。此禮若受。實爲赧顏。西門慶道。此禮甚薄。有褻真人。伏乞笑納。黃真人方令小童收了。西門慶遞了真人酒。又與吳道官把盞。乃一疋金段。伍兩白銀。又是十兩經資。吳道官只受了經資。餘者不肯受。說小道自愧效勞。誦經追拔。夫人往生仙界。以盡其心。受此經資。尚為不可。又豈當此盛禮乎。西門慶道。師父差矣。眞人掌壇。其一應文檢法事。皆乃師父費心。此禮當與師父酧勞。何為不可。吳道官不得已。方領下。再三致謝。西門慶與道衆。遆酒已畢。然後吳大舅應伯爵等上來。與西門慶散福遆酒。吳大舅把盞。伯爵執壺。謝希大捧菜。一齊跪下。伯爵道。兄為嫂子。今日做此好事。請得眞人在此。又是吳師父費心。方纔化財。見嫂子頭戴鳳冠。身穿素衣。手執羽扇。騎着白鶴。望空騰雲而去。此賴眞人追薦之力。哥的虔心。嫂子的造化。連我好不快活。于是滿斟一盃。送與西門慶。西門慶道。多蒙列位。連日勞神。言謝不盡。何敢當此盛意。說畢。一飲而盡。伯爵又斟一盞。說哥吃酒。吃個雙盃。不要吃单盃。希大慌忙遆一筯菜來吃了。

西門慶回敬衆人畢。安席坐下。小優彈唱起來。厨役上來割道。當夜在席前。猜拳行令。品竹彈絲。直吃到二更時分。西門慶已帶半酣。衆人方作辭起身而去。西門慶進來。賞小優兒三錢銀子。徃後邊去了。正是人生有酒須當醉。一滴何曾到九泉。有詩爲証。

百年方誓日　一夕竟爲雲
飛鳳金鈿落　翔鸞寶鏡分
趁生空自喜　長恨不勝情
盃物頻頻飲　愁懷且慙清

畢竟不知後項如何。且聽下回分解。